평화의
아이들

평화의
아이들

김진숙 지음

북한 어린이와 함께한 남북 의료협력 16년의 기록

북루덴스

part 01

마음 한 켠의 나라, 북한

사진 속
아이들

나는 왜 보통 사람들에게 생소하고 대중적인 관심도 크지 않은 '북한'이라는 주제를 십 년 넘게 고민하고 있을까? 나는 왜 16년 남짓 북한과의 인연을 글로 남겨놓으려는 숙제를 스스로 안고 있을까? 그 출발은 어디서부터일까?

1980년대 말 대학 졸업을 앞두고 나는 전공을 살리면서도 새로운 사회를 만들기 위한 변혁운동에 어떻게 함께할지를 고민했다. 1989년 전국민건강보험제도가 시행되기 전, 주말마다 빈민 지역의 교회나 회관의 무료 진료활동에 참여했다. 건강보험에 가입하지 않은 지역 주민들은 주중에 병원 가기도 어려운 데다 치료 비용도 줄일 수 있기 때문에 무료 진료소를 많이 찾아왔다. 무료 진료는 의대, 약대 학생들의 동아리 활동으로, 서울과 수도권 4~5곳에서 주말마다 진행되었다. 학생들은 졸업한 선배 의사들에게는 진료를 요청하고 제약회사에게는 진료에 필요한 의약품 등을 후원받고, 지역 주민들에게는 무료 진료에 올 것을 홍보했다. 나는 구로공단 근처에 있는 작은 교회에 꾸려진 진료소로 3학년 겨울 방학 때부터 매주 찾아갔다. 당시 노동조합 활동이 활발해지면서 노조에서는 산재와 직업병에 대한 교육과 예방활동에 관심을 가졌다. 나는 산재와 직업병을 예방하기 위해 작업 현장에서 노동자는 무엇을 주의해야 하며, 산재가 발생했을 경우 어떻게 보상을 받을 수 있는지에 관한 교육 자료를 만들면서 노조 교육에도 참여했다. 노조와 자연스러운 연대는 1991년 구로동에 약국을 내면서 긴밀해졌다. 나는 10년을 구로동에 빠져 살았다.

2000년 남편이 미국에 있는 회사로 옮기면서 정들었던 약국 생활을 정리했다. 우연한 기회에 미국의 여러 민간단체를 방문할 기회가 있었다. 특히 가정폭력으로 학대를 받은 아이들과의 만남은 쉽게 잊히지 않았다. 그 아이들을 위한 단체의 심리치료는 정교하고 전문적이었다. 내가 그 단체들의 활동에 관심을 가진 이유는 약국을 하는 동안 IMF로 인해 밥을 굶는 아이들과 가장의 실직으로 인한 어려움 때문에 가정폭력이 일어나는 것을 보았기 때문이었다. 배고픈 아이들에게 따뜻한 밥을 먹이자는 생각으로 약국 주변 분들과 함께 무료 급식소와 방과 후 공부방을 만들었다. 나는 미국의 심리치료 프로그램을 보면서 아이들의 심리적 충격에 대해서는 세심하게 마음을 쓰지 못했다는 생각을 했다.

2001년 1월, 나는 그동안 찾아갔던 곳들과는 그 활동 내용이 다른 AFSC(American Friends Service Committee: 미국 퀘이커 봉사위원회)라는 단체를 방문하게 되었다. AFSC는 사회정의와 평화, 인권보호, 인도주의적 지원을 목적으로 퀘이커 교도들이 1917년 설립한 단체로 1947년 노벨평화상을 받았다.

아주 마르고 눈이 퀭하니 들어간 아이들이 사진 속에 있었다. 얼굴에 살이 붙었다면 우리 집 아이들과 다를 바 없는 '한국 아이들'이었다. 나는 실무자인 하우저 씨(가명)에게 물어보았다. "이 아이들이 누군가요? 왜 이렇게 말랐죠?" 하우저 씨는 나를 이상하다는 듯이 쳐다보았다. 하우저 씨는 "이 아이들이 누구인지 정말 모릅니까? 코리언이에요."라며 오히려 질문을 하는 나를 이해하기 어렵다는 표정으로 쳐다봤다. "우리나라가 IMF로 어렵기는 하지만 이렇게 마른 아이들은 없어요. 미국에 오기 전에 빈민 지역에서 결식아동들을 지원했기 때문에 자신 있게 말할 수 있어요."라고 대답했다. 나의 이런 설명에 하우저 씨는 얼굴 표정을 풀지 않고 물었다. "Where are you from? south or north?" 순간 나는 '북한이라니? 무슨 상관이람?' 하며 혼잣말을 했다.

왜냐하면 이때까지 '북한'은 실감나지 않는 먼 나라로 머리 한 곳에 남아 있었기 때문이었다. 그나마 학교 축제 때 '북한 바로알기 운동'이라고 해서 남한과 북한이 같은 사물을 다르게 표현하는 여러가지 사례(예를 들면, 남한에서의 아이스크림이 북한에서는 얼음보숭이로 불림)를 들으며 잠시 웃었던 기억이 있다. 하나 더 기억을 살리자면 당시 학생운동을 하는 친구들의 주체사상이 말만 '주체'를 강조하지 행동은 비주체적이었다는 느낌을 받았다는 것이 북한에 대한 나의 인상의 전부였다.

나는 South Korea에서 왔다고 대답했다. 내가 Korea에서 왔다고 했을 때 사람들이 South Korea인지 North Korea인지 궁금했을지도 모른다는 생각을 처음으로 하게 되었다.

하우저 씨는 왜 너는 이 아이들을 모르냐고 또 물었다. 하우저 씨는 내가 진짜 모르고 있다고 생각했는지 천천히 설명을 시작했다. "1994년 김일성 사망과 연이은 홍수와 가뭄으로 북한에서는 많은 사람들이 배가 고파 죽었다고 해요. 북한은 그때를 '고난의 행군'이라고 부르고 있어요. 어느 나라나 가장 어려운 시기의 최대 피해자는 여성과 아이들인데 북한도 예외는 아니었어요. 사진의 아이들은 북한에서 기아로 굶주리고 있는 아이들이에요. 우리 단체는 이 아이들을 돕는 활동을 하고 있어요." 부끄럽고 당황스러웠다.

그 '고난의 행군'으로 북한의 아이들이 배고파하며 죽어가고 있을 때, 나는 아이 둘을 낳고 아이들이 배고프기 전에 젖 먹이는 일을 가장 중요하게 생각한 '남한의 엄마'였다. 같은 시간 '북한의 엄마'는 아무것도 먹지 못해 죽어가는 아이를 그저 지켜만 봐야 했다.

나는 하우저 씨가 의문을 가진 표정으로 계속 질문을 한 이유를 비로소 알 수 있었다. 하우저 씨는 남이냐 북이냐 차이만 있지 같은 Korean끼리 서로의 사정을 너무 모르고 있다는 사실이 놀라웠을 것이다.

이 사람들은 나를 어떻게 볼까? 물론 그 '고난의 행군' 시기에 나는 결혼을 하고 아이를 낳으면서 큰 변화가 있었다. 그래도 늘 깨어 있어 사회문제에 관심을 놓지 않았다고 생각했는데 '우물 안 개구리'였다는 깨달음에 이르렀다.

그 날 나와 같은 엄마의 안타까움과 아픔에 진하게 공감을 했던 기억이 선명하다. 그 단체에 남아서 무엇을 했는지, 어떤 얘기를 더 했는지는 생각나지 않는다. 다만 한국에 돌아가면 북한 어린이를 위한 어떤 일이라도 시작하겠다는 결심은 분명했다.

알면
보인다

⎯⎯⎯⎯⎯

한국으로 돌아와서 북한을 지원하는 여러 단체를 찾아다니며 어떤 일이라도 좋으니 자원봉사를 하고 싶다고 얘기했다. 어느 단체에서는 '북한 자료나 정보에 대한 민감성'이 있어서 자원봉사자가 할 수 있는 일이 많지 않다고 했다. 다른 단체는 약사가 월급도 없는 자원봉사를 왜 하려고 하느냐며 의아해했다. 그러던 중 '어린이 의약품지원본부(이하 지원본부)'라는 민간단체에서 실무자를 찾는다는 소식을 들었다. 나는 채용 조건은 보지도 않고 무조건 지원을 해서 2001년 말부터 일을 시작했다.

지원본부는 '고난의 행군' 시기인 1990년대 중반, 북한 어린이의 배고픔과 질병이 사망까지 이르는 심각한 상황을 의료인의 양심으로는 지나칠 수 없다고 생각하는 의사, 약사, 치과의사, 한의사, 간호사들이 모인 대북 지원 민간단체이다. 지원본부는 1997년 9월 비타민과 이유식을 시작으로 2015년 12월까지 총 89차례에 걸쳐 147억 상당 규모로 의약품, 제약장비와 의료장비 등의 지원을 꾸준히 해왔다. 2016년부터는 정부의 반출 승인을 받지 못해 지원을 보류하고 있다.

지원본부에서 첫 임무는 2002년 1월로 예정된 평양 방문을 준비하는 것이었다. 지원본부는 단체명에서 바로 알 수 있듯이 '어린이에게 의약품을 지원하는' 단체이다. 우리가 보통 약국에서 사는 의약품을 '완제의약품'이라고 하는데 지원 초기에는 제약회사로부터 기부를 받거나 후원금을 모아 완제의약품을 사서 지원했다. 지원본부 회원들은 장기적으로 볼 때, 완제의약품보다는 원료의약품과 제약장비를 지원하는 것이 북한 스스로 제약 분야 생산 능력을 키우는 데 도움이 될 것이라고 판단했다.

내가 근무하기 전에 지원본부에서는 중고 제약장비를 기증받을 곳을 찾아 새로 수리하고 손질해서 2001년 12월 처음으로 제약장비와 원료의약품을 인천항에서 남포항으로 실어 보낸 상태였다.

나의 생애 첫 평양 방문이기도 했던 2002년 1월 방문에서는 한 달 전에 평양으로 지원한 제약장비와 원료로 의약품을 생산하는 것이 목적이었으므로 제약 전문가와 동행했다.

북한 구역(군)병원급 병원
현대화 사업의 경험을 통한
지원 매뉴얼

(사)어린이의약품지원본부

첫 방문 이후 나는 지원본부에서 북한 구역병원 현대화사업과 왕진가방 지원사업을 즐겁게 했다. 모두가 처음 해보는 사업들로 시행착오도 있었지만 비싼 수업료를 내고 배운다고 생각했다.

지원본부는 회원이 의료인으로 구성된 특징을 살려 사업을 마칠 때마다 매뉴얼을 만들어 다른 단체들과 공유하려고 노력했다. 그 성과물이 「북한 보건의료 가이드북」, 「북한 구역병원 현대화사업 매뉴얼」, 「왕진가방 지원사업 매뉴얼」이다. 사업이 한창 바쁠 때에는 이런 자료집을 꼭 만들어야 하나 번거로운 생각이 들기도 했지만 비싼 수업료 내고 아무것도 남기지 않으면 나중에라도 본전 생각이 날까 열심히 만들었다.

또한 「북한 보건의료 연차보고서」와 「북한 어린이 건강실태 보고서」를 발간하여 북한 현황을 매년 업데이트하면서 새로운 사업을 기획하는 근거로 활용했다.

지원본부에서 일하는 동안 나는 대학을 졸업하고 10년이 넘은 나이에도 다시 공부를 하고 싶다는 생각이 들었다. 약대를 졸업하면서 이제는 공부는 끝이다 시원했는데 북한 지원을 하면서 북한에 대해 너무 모른다는 생각이 들었다. 북한대학원은 이데올로기의 용광로 같았다. 대부분의 학생들이 직업을 가지고 있어서 수업은 평일 저녁, 토요일 아침부터 저녁까지 몰려 있었다. 학생들 중에는 북한 이탈주민이 몇 명씩 꼭 있어서 수업에서 소개된 북한 사회의 변화나 상황 등에 대해 직접 들을 수 있었다. 무엇보다 수업의 백미는 토론 시간 용광로 속에 활활 타오르는 불꽃을 보는 재미였다. 학생들은 소위 극좌에서 극우까지 다양하게 구성되어서, 만약 학교 밖에서 만났으면 태극기와 촛불의 한판이었을 것이다. 그러나 북한을 바라보는 다양한 관점을 존중한다는 공동의 합의가 있었기 때문에 서로 못다한 토론은 수업이 끝나고 계속되었다. 나는 대학원에서 공부하면서 북한을 객관적으로 보려는 시도와 노력을 할 수 있었다고 생각한다.

"알면 보인다. 그때 보이는 것은 전과 같지 않다."

공무원이 되다

2005년부터 정부에서는 민간단체들의 대북 지원사업에 새로운 방식을 시도했다. 기존에는 민간단체들이 개별적으로 사업을 추진했는데, 이런 개별 사업들이 컨소시엄을 이루면 시너지효과를 기대할 수 있지 않을까라는 고민에서 새로운 시도를 시작했다고 생각한다. 예를 들면, 2005년부터 정부는 '합동사업'을 공모했는데 지원본부는 '북한 보건의료체계 개선사업'으로 모두 6개 단체가 컨소시엄을 구성해 제안서를 통일부에 제출했다. 이 과정에서 통일부와 여러 차례 협의할 기회가 있었는데 사업 내용이 '보건의료' 관련이다 보니 통일부 담당자가 내용을 완전히 이해하는 데 시간이 필요했다. 나는 단체들의 보건의료 사업을 보건복지부 또는 전문기관에서 타당성과 기대효과 등을 검토하면서 자문을 받는 구조가 된다면 사업이 더 모양을 갖출 수 있지 않을까 생각했다. 나뿐 아니라 이런 생각들을 정부에서도 했었던 것 같다. 2005년 말 복지부는 대북 지원 전문가 특채 공고를 냈고 나는 이 기회를 살려보자는 생각을 했다. 그동안 민간단체에서 북한 사업을 하면서 복지부의 도움을 필요로 했던 부분을 내가 차근차근 채워가는 역할을 할 수 있었으면 좋겠다는 기대도 있었다.

나는 2006년 3월부터 복지부 근무를 시작했다. 내가 맡은 주요 업무는 북한 보건의료 협력 계획을 마련하고 통일부와 민간단체들과 협의하여 가능한 사업들을 추진하는 것이었다.

새로운 환경에 익숙해지기 전에 일들은 쌓여 있었다. 2006년부터 WHO를 경유한 '북한 영유아 지원사업'을 시작해야 하므로 WHO 본부가 있는 제네바로 착수회의를 가야 했다. 제네바에서 처음으로 북한 보건성 관계자들을 만났다. 지원본부에서 평양을 오가며 보건의료 지원사업을 하면서도 보건성 관계자들을 만날 수 없었다. 민간단체가 만나는 북한 관계자는 대남기관인 민족화해협의회 참사들과 병원 근무자들이 전부였기 때문이다. 당시에는 그래야 하는 줄 알고 보건성을 만나야 한다는 생각을 하지 못했다. 이후 북한 보건성을 여러 차례 만났는데 서로 마음을 터놓고 사업을 효과적으로 발전시킬 수 있는 방안을 논의할 정도로 관계가 진척되지 못했다. 남북 정부가 직접 하는 양자 사업이 아니고 남한 정부가 WHO에 위탁하여 진행하는 간접 방식에다 1년에 한 번 평가회의로 만나기 때문에 충분한 논의를 하는 데 한계가 많았다. 회의에 참석한 보건성 관계자는 남한 참가자의 여러 요청에 보건성에서 결정할 수 없는 사항이라는 대답만을 반복했다. 보건성 대답은 이 사업은 WHO를 통한 사업이므로 남한의 요청을 해결할 수 있는 구조가 아니라는 것이었다. 우리의 요청은 남한 전문가가 지원을 통해 개보수를 마친 북한 병원을 방문하거나 남북 전문가들이 만나서 제기된 문제들을 풀어보자는 것이었다. 지금 생각해보니 우물가에서 숭늉을 찾고 있었고, 첫술에 배부를 것을 기대했던 것이었다. 남한도 고유의 체계가 있듯이 북한도 그들만의 결정 구조가 있다는 것을 역지사지해야 했다.

북한 권력기구도를 보면 당(조선로동당), 정(내각, 최고인민위원회 등 국가기구), 외곽기구로 나눌 수 있다. 이 중에서 국제사회와 남한의 지원을 담당하는 수원기관은 서로 다르다. WHO 등 국제사회 지원의 수원기관은 외무성 등이고 남한 민간단체 지원의 수원기관은 민족화해협의회 등이다. 따라서 남한 국적인 나의 요청을 보건성이 접수하기 어려운 구조인 것이다. 실제로 보건성은 남한 민간단체의 지원

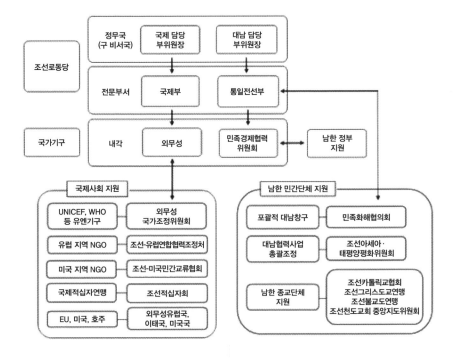

북한의 수원기관 조직 체계.*

* 신희영 외, 「김정은 시대 북한 보건의료체계 동향」, 『통일과 평화』 8집, 2016.

현황을 전혀 모르고 있었다. 많은 단체들이 평양에 들어가 병원을 개보수하고, 의약품을 보내고, 제약공장을 새로 만들었다는 우리 설명에 보건성은 깜짝 놀랐다. 나는 보건성 반응에 당황했다.

당시 나는 민화협과 보건성 모두 접촉하면서 장기적으로는 보건의료 지원은 보건성이 총괄하는 체계로 가야 한다는 생각을 했다. 남한을 포함한 대부분의 국가에서는 보건부가 국민 건강을 위한 정책을 기획하고 사업을 집행하는 책임을 지고 있기 때문이었다. 북한과 같이 외부지원에 많이 의존하는 경우 보건성 자원을 총괄하여 우선순위에 따른 수요공급을 관리할 필요는 더욱 절실하다. 다시 남북 간 교류협력이 재개된다면 이 부분은 북한과 협의하여 서로 정보 공유는 가능하도록 개선방안을 마련해야 할 것이다.

공직으로 옮겨서 다시 평양을 방문했을 때 나는 지원본부에서 함께 사업을 했던 북한 민화협 참사들로부터 서운하다는 농담 반 진담 반 소리를 들었다.

"당국자가 되더니 더 뻣뻣해졌구만요."

"민간단체들한테 어려운 과업을 많이 내린다고 하던데, 개구리 올챙이 시절 잊으면 안 되지요." 나는 이런 얘기를 단체들로부터도 듣고 있어서 크게 놀라지는 않았다.

2005년부터 정부는 '합동사업', '정책사업', '북한 영유아 지원사업' 등으로 민간단체 사업에 예산을 지원하기 시작했다. 이 사업들은 여러 민간단체가 컨소시엄을 구성하여 시너지효과를 기대할 수 있거나(합동사업), 정부가 정책적으로 추진이 필요하다고 판단할 경우 단체에 위탁하는 형식이었다(정책사업, 북한 영유아 지원사업). 후자의 경우 정부가 사업기획을 할 때부터 단체들이 사업 경과와 효과를 체크할 수 있도록 계량화된 양식을 마련했다. 그런데 단체들 입장에서는 이런 양식들이 생소하기도 하고, 북한 사정을 잘 알면서 가능하지 않은 욕심을 부린다고 생각할 수도 있었다. 한마디로 '아는 놈이 더 한다?'는 소리가 나왔을 분위기였다.

당시에는 새로 시도하는 사업들을 다년도로 기획하면서 정부 예산이 예년에 비해 큰 규모로 지원되는 초기 상황이라 국제기구의 평가 틀을 남한 민간단체에도 적용해보자는 취지였다. 정부 예산이 투여되는 다년도 사업에 대해 국회나 언론에 대응하기 위해서 필요한 분배 모니터링에 집중하였던 결과였다. 다행히 단체들은 정부의 취지를 이해하고 힘들 때마다 최면을 걸듯 '북한 어린이만 생각하자', '가는 길 험난해도 웃으며 가자' 하며 열심히 협조해주었다.

공직에 와서 제일 기억에 남는 일은 2007년 10월 2차 정상회담의 모든 과정을 지켜본 것이다. 피날레는 2007년 12월 개성에서 열린 '제1차 남북 보건의료·환경보호협력분과위원회'에 문창진 보건복지부 차관님과 동행한 것이다.

나는 2차 정상회담의 보건의료분야 의제 준비부터 시작해서 합의서 체결, 합의서에 따른 후속작업까지 2007년 하반기를 바쁘지만 신나게 일했다.

그 해 6학년, 4학년이었던 첫째와 둘째는 엄마의 잦은 평양 출장에 소외감을 느꼈는지 출장 가방을 끌고 가는 나를 보며 집단 항의성 발언을 던질 정도였다. "엄마, 북한 아이들만 돌보지 말고 우리에게도 눈길 한 번 주시지 그래요."

그러나 2008년부터 모든 상황은 달라졌다. 전임 대통령의 정상회담 또는 합의 사항들은 금기어가 되어 거론하는 것조차 조심스러웠고, 후속작업도 흐지부지되었다.

2010년 나는 북한 업무에서 다른 업무를 하는 부서로 이동했다. 그래도 북한은 계속 내 머리 한 구석에 자리를 잡고 있었다. 어느 날, WHO 영유아 지원사업 평가회의에서 받은 4~5년 치 회의 자료와 내가 추가로 요청해서 얻은 북한 관련 자료들 위에 먼지가 쌓이는 것을 보면서 저걸 정리해야 한다는 강박감을 느꼈다. 북한 연구자들은 언제나 북한 관련 자료들을 얻기 위해서 북한 이탈주민도 만나고, 북한-중국 접경 지역을 답사하기도 하는데 나는 공직에 있으면서 편하게 얻은 자료들을 방치하고 있는 게 큰 죄를 짓고 있는 것 같았다.

먼지를 털어내고 쌓인 자료들을 분류해보니 북한 여성과 아동영양·건강 실태, 북한 지역 병원과 인구 현황, 북한 의약품 생산과 분배체계를 개선하기 위한 북한 제약공장과 각 도의 의약품관리소 방문 보고서 등이었다. 나는 이 중에서 기존 북한 자료에서 볼 수 없었던 북한 의약품 자료를 집중 파헤치기로 했다. 파헤친 결과는 다시 북한학 공부를 해야겠다는 것이었고, 남북 교류가 휴지기인 이 때가 공부를 하기 좋은 때라는 생각이었다. 공부를 꼭 학교에 가서 해야 하는가라는 의문도 가졌지만 10년 사이 북한의 변화를 함께 공부하는 동료들과 나누고 싶었다. 북한대학원에서는 책을 통해서 배우는 것 못지않게 동료들로부터 배우는 것이 많기 때문에 2008년 이후 허기진 북한 소식을 채우기 위해 다시 대학원에 진학했다. 박사논문 주제는 몇 년째 파헤쳐진 상태로 정지하고 있는 북한 의약품 관련한 '무엇'으로 모아지고 있었다. 국립중앙도서관에 있는 통일부 북한자료센터에서 북한 제약산업이나 의약품 정책에 대한 자료를 검색했다. 1951년부터 연도별 연감과 김일성 저작집, 로동신문, 약학 학술지인 '조선약학' 등을 훑으면서 논문에 필요한 자료들을 모아나갔다. 서울, 평양, 제네바, 뉴델리*에서 모인 여러 자료들을 바

---

* 제네바에 본부를 두고 있는 WHO는 전 세계에 6개의 지역 사무소를 두고 있다. 남한은 필리핀에 본부가 있는 서태평양 지역 소속(WPRO)이고, 북한은 뉴델리에 본부를 둔 동남아시아 지역(SEARO) 소속이다.

탕으로 박사논문 「북한 약학부문사업과 보건의료 연구」를 마칠 수 있었다.

그렇게 7년이 지나갔다.

2015년부터 나는 다시 북한 업무로 돌아와 백신(홍역·풍진) 지원사업을 추진했다. 백신 지원사업 이후에도 여러 가지 사업을 구상하였으나 2016년부터 2017년까지 3번의 핵실험과 20차례 이상의 미사일 발사로 모든 구상은 정지되었다.

우리는
섬이 아니다

───────

평양으로 출장가는 내 뒤통수에 북한 아이들만 돌보지 말고 우리에게도 눈길 한 번 달라는 아이들은 어느새 초등학생에서 대학생이 되었다.

나는 우리 아이들이 '북한'에 대해 일상에서 전혀 의식하지 못하고 있거나 아니면 현실감을 갖고 있지 않음을 안타깝게 생각했다.

우리 아이들은 한반도에 사는 게 아니라 '남한'이라는 섬에 살고 있다. 대륙의 끄트머리지만 육지로 이어진 반도에 산다는 것과 '북한'이라는 땅을 고려에 두지 않은 채 '남한'이라는 섬에 산다는 것은 우리 아이들이 미래를 꿈꿀 때 출발점이 완전히 다른 차원의 얘기가 된다. 오로라를 보려고 아이슬란드까지 가는 예능프로가 인기를 얻고, 남미 여행을 가기 위해 대학생들이 방학 중에 아르바이트를 한다는 얘기는 흔하게 들을 수 있다. 그러나 우리 아이들은 농담이라도 평양 여행을 계획하고 있다는 얘기는 하지 않는다. 서울-대전보다 가까운 평양에 가는 것이 달나라에 간다고 하는 것만큼 현실감이 떨어지는 얘기가 되었다. 우리 아이들에게 평양은 지도에 없는 나라처럼 상상도 막혀버린 곳이 되고 있는 것이 아닐까?

2016년 1월 북한의 4차 핵실험을 보면서 아이들에게 더 이상 북한 얘기를 꺼낼 수 없었다. 게다가 큰 아이는 1월 말에 입대를 앞두고 있어 핵실험 이후 경색된 남북 관계는 우리 가족 모두를 긴장하게 했다.

입대 며칠 전 우리 가족은 여수로 여행을 갔다. 여행을 마치고 올라오는 고속도로에서 '아시안하이웨이'라는 이정표를 보았다.

'어 이게 뭐지? 아시안하이웨이는 처음 보는데, 이 1번 국도가 아시안하이웨이라고?'

'정말 이 길을 따라가면 비행기를 타지 않고도 중국을 거쳐 인도도 가고 터키도 간다고?'

평소 캠핑카를 끌고 서울을 출발해서 유럽까지 가는 상상을 즐겼던 나에게 '아시안하이웨이'는 '신세계' 자체였다. 바로 검색을 했다.

'아시안하이웨이'는 아시아와 유럽을 육지로 연결하는 21세기 실크로드이다. 아시아 지역의 육상 교통 개발을 촉진하기 위해 2003년 32개국이 서명하여 총 14만 km의 8개 노선이 확정되었고, 8개 노선 중 부산에서 출발하는 노선은 AH1과 AH6이다.

새로 길을 닦을 필요도 없다. 유럽 여러 나라를 내 차로 여행하고 싶으면 AH1·경부고속도로를 따라서 평양 찍고 유럽을 향해 달리면 된다. 모스크바 붉은광장의 성바실리성당을 보고 싶으면 AH6·동해안 7번 국도를 따라 강릉-원산을 거쳐 시베리아 벌판을 달려가면 된다.

2003년에 서명했다는데 왜 지금까지 몰랐을까? 우리에게는 아시안하이웨이가 낯설지만 몽골은 2016년부터 AH3을 따라 '초원의 길 이니셔티브'를 추진하고 있었다. 몽골은 내륙에 위치한 단점을 극복하기 위해 중국 톈진항을 이용하면서 유럽으로 가는 교통요지로 발전하기 위해 '초원의 길'로 달리는 중이다.

몽골이 '초원의 길'을 구상할 때, 800년 전 칭기스칸이 동서양을 아울러 대제국을 건설했을 때를 꿈꾸지 않았을까 생각한다. Again Chingiz Khan!

우리 아이들도 AH6를 따라 만주와 시베리아 벌판을 달리며 우리

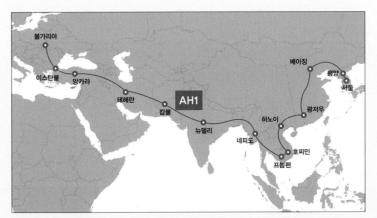

아시안하이웨이 1번 노선.

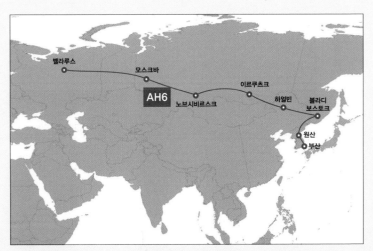

아시안하이웨이 6번 노선.

독립운동군의 기개를 느낄 수 있기를 바란다. 그 길을 뚫는 것이 우리 세대의 숙제라고 생각한다. 우리 세대는 고향을 북한에 두고 온 부모님의 눈물을 알고 있고, 통일 비용 때문에 통일이 부담된다는 아이들의 강퍅한 마음도 알고 있다.

"애들아, 눈을 들어 조금 멀리 보자. 우리는 섬이 아니라 드넓은 대륙의 출발점에 살고 있단다."

나는 기록한다
그리고 꿈꾼다

　　이 글은 나의 북한 지원 경험을 중심으로 한 기록이다. 자연인으로서의 경험은 아니다. 처음에는 대북 지원 민간단체인 지원본부 실무자로서, 나중에는 북한 업무를 담당하는 공직자로서의 경험이 글의 바탕이 되었다.

　　북한에 관한 것은 대외비로 비공개가 많고, 기록을 남기지 않는다고 알고 있다. 맞는 말이다. 나는 왜 이런 시도를 하는 걸까?

　　5년 만에 북한 업무를 맡은 2015년, 그동안 시간이 멈춰버린 것은 아닌가 하는 착각을 했다. 5년 전 내가 부서 이동을 할 때처럼 전임자로부터 특별히 인수인계를 받을 내용이 없었다. 2010년 3월 천안함 사건으로 모든 것이 멈춰 있었기 때문이었다.

북한 보건성으로부터 예방백신을 지원해달라는 요청이 있은 후 2년 만인 2015년 7월, 박근혜 대통령은 북한 어린이에게 백신을 지원할 것이라는 발표를 했다.

백신을 지원하기까지는 여러 절차가 있고, 당연히 그 절차에 따라 협의해야 할 상대와 준비해야 할 자료들이 많은데, 함께 일해야 하는 사람들이 나를 제외하면 모두 이런 일을 처음 접하는 상황이었다. 북한 업무 담당 공무원들도 부서를 이동하면서 업무 인수인계가 여러 차례 넘어가다 보니 기록이 아닌 구전으로 "그때 그런 사업들을 했었다는데……."라는 상황이었다.

"예전에는 민간단체들이 평양에 제약공장을 지어줬나요?"

"정말, 그런 일이 있었어요? 근데 물건은 어떻게 보내는데요?"

"예전에는 북한 약사들이 중국에 나와서 제약기술 교육도 받았나요?"

"그게 언제 얘기예요? 10년은 더 지난 일이죠?"

"아니, 얼마 전인데, 7년 전인가?"

몇 년 지나서 내 기억마저도 흐릿해지면 우리가 평양에서, 금강산에서 그리고 개성에서 북한 주민들과 나눈 많은 일들을 기억하는 사람은 없을 거라는 생각을 했다.

만약 남북 관계가 개선되어 교류협력이 재개된다면 다시 제로에서 시작할 수도 있겠다는 생각이 기록을 남기도록 나를 몰아댔다.

'그래, 내 뒷사람들이 맨땅에 헤딩은 하지 않게 작은 씨 하나 뿌린다 생각하자!'

막상 글을 쓰려고 하니 마음에 걸리는 게 많았다. 교류협력이 재개될 경우 나의 기록 때문에 관계되었던 사람들에게 어려운 일이 생기지 않을까 하는 걱정이 앞섰다. 특히 북한 내부 사정을 내가 모두 안다고 할 수 없기 때문에 여러 가지로 조심스러웠다. 그래서 나의 글쓰기는 대부분 공개된 자료를 우선으로 했다. 자기검열은 물론이고 구글링으로 크로스체크도 해나갔다. 이런 번거로운 과정은 글쓰기의 의욕을 점점 잃게 만들었다.

'나는 전업으로 글쓰기를 하는 사람도 아니다. 누가 10년 전 북한에서 있었던 일을 궁금해할까? 내가 사서 고생을 하는구나.' 하루에도 여러 번 갈등의 연속이었다. 다음 2개의 기사는 갈등을 접고 다시 글을 쓰도록 마음을 추스르게 했다.

첫 번째는 2016년 대통령 탄핵에 동참했던 청소년 단체가 그 과정을 기록한 책을 준비 중이라는 기사였다.[*]

"시국선언에 참여한 우리의 움직임이 다음 세대에게 〈택시 운

---

[*] 한겨레신문, 2017. 10. 7.

전사〉 같은 영화가 될 수도 있다. 책으로 남아 있지 않으면 다 잊힐 것이다. 기록으로 남겨두고 싶다. 우리들의 역사적 행동을 기록으로 남기지 않으면 다 사라진다. 87년 6월 항쟁 때 수많은 청소년이 거리에 나왔지만 지금은 사진 한 장으로밖에 남아 있지 않다. 거리로 나오기까지 10대들이 의견을 나누고 토론한 과정, 학교에 대자보를 붙이기까지의 험난했던 일들이 기록으로 남지 않는다면 모두 잊힐 것이다."

아이들도 이렇게 역사에 대한 사명감을 가지고 기록의 중요성을 강조하는데 거창한 부담 갖지 말고 내가 보고 느낀 것을 있는 그대로 써보자고 용기를 냈다.

두 번째는 2018년 초, 평창올림픽 여자 아이스하키 단일팀 구성을 둘러싼 기사였다. 평창올림픽에 북한이 참가하면서 평화올림픽의 의의를 환영하는 사람들도 단일팀에 대해서는 거부감을 보였다. 단일팀을 거부하는 주된 이유는 선수 선발 과정이 공정하지 않다는 것이었다. 특히 2030세대에서 반발이 심했고 대통령의 지지율에도 큰 영향을 주었다. 이 과정을 보면서 2030세대가 겪는 무한 경쟁과 취업의 어려움이 이런 절박감을 보여준다고 생각했다. 이 세대는 단일팀 구성을 보면서 남북 관계에서 갖는 상징적 의미보다는 정치논리에 희생당한 결과로 해석한 것이다. 공정성에 대한 감수성이 높아진 사회 분위기 외에 이명박·박근혜 정부 9년간 남북이 대립과 갈등만 하면서 북한에 대한 국민감정이 나빠진 것도 단일팀 논란의 원인이 되었다고 생각한다. 서울대의 '2016년 통일의식조사'를 보면 북한을 '협력대상'으로 보는 국민은 2007년 56.6%에서 2016년 43.7%로 준 반면 '적대대상'으로 보는 인식은 6.6%에서 14.8%로 늘었다. 연령별로 보면 협력대상으로 보는 인식이 20대와 30대에서 가장 낮고, 20대에서 적대대상으로 가장 높게 인식하고 있다.

우리 젊은이들이 북한을 적대대상으로 보는 것을 이상하게 생각하지 않는다. 설문은 '북한'을 어떻게 생각하느냐를 물었지 '북한 주민'에 대해서는 묻지 않았다. 우리의 젊은 세대가 북한의 또래를 만나서 그들의 감성을 공유하고 대화를 나눌 기회를 갖는다면 나와 같은 인간이라는 생각을 갖게 될 것이라고 생각한다. 서로 만나서 차이와 공통점을 이해하고, '인간으로서의 보편성'을 확인하는 과정을 체험해야 그들이 '협력'할 대상인지 '적대'할 대상인지 판단할 수 있지 않을까?

16년 전인 2002년부터 북한을 오가면서 있었던 일들을 이렇게 남기는 이유는 단 하나. 나의 글이, 북한에도 나와 같이 숨을 쉬는 내 또래들이 살고 있다는 것을 생각하게 해주는 작은 씨앗이 되었으면 하는 바람 때문이다.

part 02

평양에서

김치 맛이
'찡하다'

　　민간단체에서 근무했던 2002년 1월 7일, 나는 회원 일곱
분과 함께 첫 평양 방문길에 올랐다. 평양의 어려운 전기 사정으로
숙소에 난방이 충분치 않다는 얘기를 많이 들어서 내복 두 벌, 목도
리 그리고 장갑으로 중무장을 했다.

　　서울에서 평양에 가려면 중국 북경이나 심양을 거쳐야 한다. 평양
행 고려항공이 이곳에서 출발하기 때문에 서울~평양(250km)이 서울
~대구(290km)보다 가까운데 중국을 찍고 가야 한다. 평양을 방문하
는 누구나 차로 두 시간이면 갈 수 있는 거리를 이렇게 돌아가는 체
험을 하면서 분단의 현실을 실감한다더니, 딱 맞는 말이었다. 북경
에서 하루 머무는 동안 우리는 북한 비자를 신청하러 북한 영사관

을 찾아갔다. 영사관 벽에는 백두산을 배경으로 한 김일성 주석과 김정일 국방위원장의 대형 초상화가 걸려 있었다. 초상화 크기가 벽 한 면을 차지할 만큼 큰 데다 예상치 못한 상황이라 당황스러웠다.

신청서를 접수하는 민원실은 불이 켜 있지 않아 어두컴컴했다. 순간 평양에 도착하기 전에 평양 분위기를 이렇게 먼저 보여주는구나 하는 생각이 들었다. 비자가 나올 때까지 천안문을 한 바퀴 돌고 오는 게 좋겠다는 의견이 모아져 우리는 영사관을 나왔다. 북한 비자가 제때 나올지, 평양은 제대로 들어갈지 머리를 무겁게 하는 고민들과 천안문광장의 매서운 바람은 우리를 긴장하게 만들었다.

비자는 문제없이 나왔고 우리는 다음 날 아침 고려항공 비행기를 탔다. 중국에 나왔다 들어가는 사람들이 물건을 많이 샀는지 작은 비행기가 물건들 무게를 감당할 수 있을까, 걱정이 되었다. 북경에서 평양까지 1시간 반 비행인데 간단한 요깃거리로 햄버거가 나왔다. 빵 사이에 고기 패티가 있었는데 추운 날씨에 먹으면 체할 것 같아 먹지는 않았다.

한 분이 비행기가 압록강 위를 날고 있는 것 같다고 해서 창밖으로 아래를 내려다보았다. 강을 경계로 한쪽은 나무가 있고, 한쪽은 나무가 없는 차이가 명확해서 어디가 북한인지 바로 알 수 있었다.

평양공항의 첫 인상은 모든 게 얼은 채로 천천히 조금씩 움직인다는 느낌이었다. 평양에 머무르는 동안 우리를 안내할 참사 두 명이 인사를 했다. 공항에서 숙소로 가는 길에 본 상가와 아파트는 촬영이 끝난 영화 세트장 같았다. 공항에서 호텔로 이동하는 동안 거리의 평양 시민들은 낯선 인상이었다. 아마 그 이유는 내가 너무 긴장한 데다 마음의 여유를 주지 않는 추위와 우리를 마중 나온 북한 참사들의 무뚝뚝한 표정 때문이었으리라.

호텔은 생각보다 따뜻했고 음식은 모두 맛있었다. 젓갈과 양념을 많이 하지 않은 김치는 담백하고 시원해서 아침 식사가 기다려질 정도였다. 북한 사람들은 이 맛을 '쩡하다'고 표현한다.

일정이 없는 자유시간에도 우리는 마음대로 돌아다닐 수가 없다. 참사들이 미리 '조직'해놓은 기관을 방문해야 하고 정해놓은 식당에서 식사를 해야 한다. 그래서 평양 방문 첫날 저녁에 우리와 참사들 간에는 '일정 투쟁'이 벌어진다. 방문 기간 동안 우리가 가고 싶은 기관과 참사들이 정해놓은 기관을 놓고 줄다리기를 하는 것이다. 물론 평양을 방문하기 전부터 우리가 방문하고 싶은 기관과 면담하고 싶은 사람들에 대해 여러 차례 팩스를 보내지만 대부분 받아들여지지 않는다. 우리는 가급적 평양을 벗어나 평양보다 더 어려운 지역을 지원하고 싶었고 참사들은 평양 이외 지역은 아직은 어렵다는 입장이었다.

고려항공 기내식.

평양 보통강려관(보통강호텔) 욕실 세트.

보통강려관 김치.

입장을 바꿔 생각해보면 이해가 안 되는 것은 아니다. 참사들은 처음 만난 우리에게 어렵게 사는 모습을 보여주기 싫었고 우리가 남한으로 돌아가서 나쁘게 선전하고 다닐지도 모른다고 걱정한 것이다. 첫술에 배부를 수 없는데 우리 입장만 생각하고 너무 조급했다.

밤을 새우는
열의

─────

    우리는 평양을 방문하기 전에 원료의약품과 의약품 생산 장비들을 먼저 평양에 보냈다. 우리의 방문 목적은 북한에서 직접 약을 만들 수 있도록 기술을 전수해주는 것이었다.

  우리 단체는 1997년부터 북한 어린이들에게 의약품을 지원해왔는데 시간이 지나면서 북한은 완제의약품을 지원받기보다는 스스로 약을 만들어서 사용하기를 원했다. 우리는 북한의 요구가 장기적으로 북한에 도움이 될 뿐 아니라 지원 효과도 더 크다고 생각했다. 완제의약품 1알을 지원하는 비용으로 원료의약품을 지원하면 7알 ~8알을 만들 수 있고 북한의 제약기술도 발전할 수 있는 기회가 되기 때문이다. 약을 만드는 과정에서 남한의 제약기술이 북한에 전수되면서 남북 제약 전문가 교류가 자연스럽게 성사된다는 장점도 있다.

북한이 우리에게 처음 지원을 요청했을 때의 규모는 제약공장을 새로 지어야 하는 수준이었다. 북한이 제시한 제약공장 조감도를 보면 민간단체에서 지원할 수 있는 차원을 넘어서 기업의 투자를 받아야 가능한 큰 규모였다. 개미 후원자들의 후원금으로 북한 지원을 하는 우리 단체 입장에서는 처음부터 받아들이기 어려운 제안이었다. 그래도 평양 현지에서 의약품을 직접 만들어 사용하는 것이 북한 지원에서 커다란 의의가 있다는 회원들의 중론이 모아져 우리가 할 수 있는 수준에서 생산장비를 준비해보기로 했다. 우리는 제약회사와 병원들이 가지고 있던 의약품 생산장비를 기증받아 수리하고 색칠해서 반짝반짝 신상품으로 만들어냈다. 우리의 평양 방문 미션은 이 장비로 남한과 북한의 약사가 함께 약을 만들면서 기술을 북한에 알려주는 것이었다.

그러나 둘째 날부터 평양을 떠나는 날까지 우리는 예상한 것보다 큰 난관에 부딪혔다. 평양의 전기 사정은 우리가 지원한 장비가 제대로 작동하는 데 많은 어려움을 주었다. 원료의약품으로 약을 만드는 과정을 쉽게 이해하자면 밀가루로 과자를 만드는 것을 상상하면 된다. 여러 가지 원료의약품을 비율에 맞춰 잘 섞어서 반죽을 한 다음, 약틀에 찍어서 건조시키고 포장까지 하면 끝이다. 이 모든 과

제약장비 앞에서 평양 어린이영양관리연구소 분들과 함께.

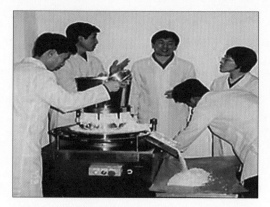

의약품 생산을 위한 시범 가동 중. 가운데 양동일 지원본부 이사님은 약사로 제약회사에 근무하면서 북한 의약품 생산에 필요한 기술 지원을 책임졌다.

정이 진행되려면 기계가 공정 순서대로 잘 돌아가야 하는데 전기가 켜졌다 꺼졌다 하니 원료가 골고루 섞이지 않고, 충분히 건조되지 못해 조금만 힘을 줘도 약이 힘없이 부서졌다.

전기가 언제 다시 들어올지 기약할 수 없는 상태에서 마냥 기다리기도 민망하고, 평양에 오면 꼭 참관해야 하는 곳들이 있기 때문에 우리는 중간중간 참사들을 따라 참관지를 방문했다.

이런 어려운 환경에도 북한 사람들의 열의는 우리를 깜짝 놀라게 하고 감동시켰다. 우리가 방북하기 전에 장비와 함께 보내준 도면을 보고 조립을 해놓고 바로 작업할 수 있게 준비를 해놓았다. 작업 중 전기 공급이 안 되어 당일 예정된 일을 할 수 없게 되면 우리 설명을 듣고 밤을 새워서라도 다음 날 작업을 시작할 수 있게 해놓았다.

우리는 방문 기간인 열흘간 해열진통제 알약과 어린이 비타민 알약을 만들어보려고 했으나 전기 공급의 불안정이 결정적인 방해 요인이 되어 임무를 완수하지 못한 채 다음 방북을 기약해야만 했다.

비타민
10만 정

첫 평양 방문 이후 1년 반이 지난 2003년 8월에 다시 평양에 갔다. 그 사이 우리는 정전이 되더라도 계속 장비가 돌아갈 수 있는 전기 설비(무정전 전원 장치: 정전 시 계속 전력을 공급하는 장치)들을 추가 지원했다. 우리가 원료의약품과 장비를 지원하더라도 안정적으로 전기가 공급되지 않으면 무용지물이라는 것을 첫 방문에서 확인했기 때문이다. 그리고 추가적으로 어린이 시럽을 만드는 시럽제 설비와 청심원 같은 동그란 알약을 만드는 환제 설비도 지원했다. 우리는 1년 반 만에 방북하면서 기대도 하고 걱정도 했다. 우리가 보낸 물자들을 이용해서 약을 잘 만들고 있을까? 아님 또 가다 서다를 반복하다 먼지가 쌓여 있지는 않을까?

그런데 우리의 걱정이 무색한 일이 벌어졌다. 어린이영양관리연구소 입구에서부터 철컹철컹 약 찍어내는 소리와 비타민 냄새가 솔솔 나는 것이었다.

노란 색의 비타민 알약들이 쏟아지고 있었고 북한 약사들도 자랑스럽게 우리를 보면서 웃었다.

"우리가 하루에 비타민을 10만 정씩 찍어내고 있시오. 이 타정기(최종적으로 약을 찍어내는 기계)는 벌써 닳아서 다음에 오실 때는 새 것으로 교체해주시라요."

"아, 물론이지요. 많이 많이 만들어서 우리 아이들이 먹을 수만 있다면 너무 기쁘죠."

지난 겨울에 장비들을 지원하고 지금까지 여러 차례 마음을 졸였었는데 이제 매일 아이들에게 10만 정씩 비타민이 돌아갈 수 있다니 감격이었다. 이제는 매일 쉬지 않고 약을 만들 수 있도록 원료의약품만 끊이지 않고 지원해주는 숙제만 남았다. 아마도 조금만 지나면 솜씨 좋은 북한 기술자들이 타정기 부품도 뚝딱뚝딱 만들어낼 것 같은 믿음이 절로 생겼다.

숙소로 가는 길. 무더운 날씨에 지친 아이들이 분수대 물에 뛰어들고 나무 위로, 아슬아슬한 담벼락 위로 오르내리며 장난을 치고 있었다. 그 아이들을 보니 집에 있는 아들들이 생각났다. 우리 아들 또래라 생각해서 나이를 물어보면 항상 서너 살 위였다. 영양결핍으

생산년도가 주체 93년 1월이라면 2004년 1월에 생산된 약이다.

도착한 의약품원료를 확인 중이다.

의약품 생산장비가 설치된 평양 어린이영양관리연구소에서 함께 기념사진 찍다.

로 키는 작지만 어른스러운 티가 난다.

'그래, 얘들아. 하루에 비타민 10만 정이 아니고 20만 정이라도 씽씽 만들어보자!'

평스약국

북한 지원의 첫 번째 사업이 의약품과 관련되다 보니 북한 주민들은 어떻게 약을 이용하는지 궁금했다. 안정적으로 전기가 공급되지 않는 것도 문제이지만 근본적인 문제는 원료의약품을 지속적으로 조달하는 것이었다. 원료의약품은 남한 제약회사들도 거의 수입하는 상황이라 민간단체에서 후원금을 모아 해결하기에는 역부족이었다. 이런 고민을 하던 차에 박사논문 주제를 '북한 의약품 정책'으로 준비하면서 지난 시기 우리 단체의 원료의약품 지원사업에 대해 다시 생각할 기회를 가졌다.

북한도 전국 여러 곳에 제약공장이 있다. 북한판 '무덤에서 요람까지'인 '무상의료정책'을 뒷받침하기 위해서는 병원 치료비는 물론이고 약도 무료로 이용할 수 있도록 해야 하기 때문이다. 그러나 우리가 경험한 대로 약을 만드는 데 필요한 전기와 원료의약품 공급이 충분치 않기 때문에 이 제약공장들이 정상적으로 가동되고 있는 것 같지 않다. 1950년대부터 최근까지의 북한 자료를 보면 어느 한 시기라도 '인민 치료에 필수적인 의약품 공급을 위해 떨쳐 일어서' 지 않은 때가 없기 때문이다.

북한 의약품 공급체계는 제약공장에서 생산한 의약품이든 외부에서 지원받은 의약품이든 모두 평양에 있는 '중앙의약품관리소'로 집결하는 것으로 시작된다. 중앙의약품관리소에서 '도(道)의약품관리소'로, 다시 '시(구역)·군(郡)의약품관리소'로 내려가면서 지방에 사는 주민들도 충분치는 않지만 의약품을 이용할 수 있는 나름의 체계를 갖추고 있다.

우리는 지원사업을 하면서 북한의 이런 공급체계를 미리 알 수 없었다고 변명을 할 수도 있다. 무식하면 용감하다는 말이 있듯이 빨리 약을 만들어서 많은 주민들에게 돌아가는 것만을 목표로 앞만 보고 달린 것이다.

뒷장의 분배정형 문서는 북한이 우리가 지원한 원료의약품으로 4가지(해열제, 항생제, 종합비타민제, 비타민 B) 약을 생산하여 전국 10개 시도 육아원과 소아병원에 공급했다는 확인증이다. 이 문서대로라면

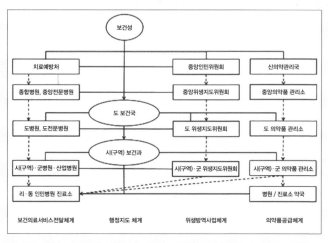

「북한 보건의료체계와 의약품 공급체계」, 김진숙, 2012.

원료의약품분배정형

어린이의약품지원본부에서 주체 93(2004)년 7월에 보내온 의약품원료들을 받아 알약을 생산하여 평양시를 비롯한 각도의 육아원과 소아병원들에 다음과 같이 분배하였습니다.

No	지역명	분배량 (알)				비고
		파라세타몰알약	렴모날세나물알약	종합비타민알약	니코틴산아미드알약	
1	평양시	40만	3만6천	9만6천	10만	
2	평안남도	40만	3만6천	9만6천	10만	
3	평안북도	40만	3만6천	9만6천	10만	
4	황해남도	40만	3만6천	9만6천	10만	
5	황해북도	40만	3만6천	9만6천	10만	
6	강원도	40만	3만6천	9만6천	10만	
7	함경남도	40만	3만6천	9만6천	10만	
8	함경북도	40만	3만6천	9만6천	10만	
9	자강도	40만	3만6천	9만6천	10만	
10	량강도	40만	3만6천	9만6천	10만	
계		400만	36만	96만	100만	

어린이영양관리연구소

주체 93(2004)년 10월 4일

북한의 분배정형 문서.

기존의 의약품 공급체계를 거쳐서 육아원과 소아병원에 약이 갔는지, 어린이영양관리연구소에서 바로 보냈는지 알 수 없다.

내가 공급체계를 거쳤는지를 중요하게 생각하는 이유는 어린이영양관리연구소에서 생산한 의약품의 품질을 확인해보지 못해서이다. WHO 자료에 따르면 '중앙의약품관리소'로 모아진 의약품들은 1차로 스크린을 받은 후 지방으로 분배된다고 했다. 스크린의 수준이 어느 정도인지는 모르겠다. 우리가 지원한 원료의약품으로 만든 약이 육아원과 소아병원에 있는 아이들에게 도움이 되기 위해서 필요한 품질 검사까지 생각하지 못한 게 아직도 마음에 걸린다.

나는 의약품의 품질 검사를 하지 못한 마음의 짐을 2007년 정부의 정책사업을 하면서 그 짐을 덜고 해법을 찾아보려고 했다. 정책사업은 인도적 대북 지원사업 중 개발지원의 성격을 가지면서 중장기적 관점에서 정책적 지원 필요성이 있는 사업을 정부가 기획하고 민간단체가 위탁받아 추진하는 사업이었다.

정책사업은 2007년에 처음 시도한 사업으로 민간단체가 사업을 진행하면서 관련한 전문 지식이나 자문이 필요할 경우 사업기획 단계부터 체계적으로 도움을 받을 수 있도록 했다.

정책사업은 2007년에 시작했지만 2008년에 중단되어 북한의 개발지원을 위해 중장기적으로 추진한다는 본래 취지를 살리지 못한 아쉬움이 있다. 필수의약품원료 지원사업, 북한의료인 교육훈련사업, 결핵관리사업 등 3가지 사업을 추진하였지만, 결핵관리사업은 북한과의 합의가 무산되어 시작조차 하지 못했다.

이 중에서 필수의약품원료 지원사업은 한때 약사를 업으로 했던 개인적인 경험 때문인지 매듭을 짓지 못한 채 중단되어 안타까움이 가장 큰 것 같다.

이 사업의 주요 내용은 원료의약품을 북한 제약공장에 지원하면서 안전하고 효과성 있는 의약품을 생산하도록 기술 지원을 병행한다는 것이었다. 그간 민간단체 3곳에서 북한에 제약공장 설비와 원료의약품을 지원했지만 공통적으로 원료의약품을 지속적으로 공급하는 것과 제약기술을 지원할 전문가의 섭외를 어려움으로 꼽았다. 이 어려움은 민간단체 차원에서 해결하기 어려운 과제이다. 특히 원료의약품의 안정적 공급은 무상의료를 보건의료 정책의 원칙으로 하고 있는 북한에서는 딜레마이면서 북한 스스로 풀어야 할 숙제이다.* 이 사업에서는 사업 기간 동안 원료의약품을 지원하고 제약 전문가의 현장 방문을 통해 기술 지원을 진행하는 것을 목표로 삼았다.

---

* 독일의 한스자이델재단의 베른하르트 젤리거 대표는 북한이 서구 이윤 창출 개념에 대한 이해를 바탕으로 경제 구조를 개선해야 한다며 평스제약 사례를 들었다. "평스제약이 처음 생겼을 때 북한 보건성에서 아스피린 종류인 평스피린을 다량 주문하겠다고 했습니다. 그래서, 저희가 얼마에 살 것이냐고 물었죠. 북한 측에서 무슨 뜻인지 알아듣지 못했습니다. 물건값을 치른다는 개념이 없었던 것이죠." (2017. 5. 7. 자유아시아방송 인터뷰 중.)

어떤 원료의약품을 지원할지의 기준은 두 가지였다. 첫 번째는 북한 어린이 사망 원인 중 으뜸인 설사와 호흡기 질환 치료에 우선 쓰이는 항생제와 수액제, 결핵치료제 4종류, 비타민제 등 총 31종 원료를 선정했다. 두 번째는 우리가 지원한 원료의약품을 가지고 완성된 의약품(항생제, 수액제 등)을 만들 수 있도록 북한이 제약공장을 선정하면 우리가 그 제약공장을 방문할 수 있어야 한다는 것이다. 그간 북한에 제약공장 건립을 지원한 민간단체들이 몇 곳 있었는데 북한은 이 단체들이 지원한 제약공장에 원료의약품을 전달하면 남한 관계자들이 공장을 직접 방문할 수 있도록 하겠다고 했다. 북한은 민간단체들이 지원해준 정성의학종합센터(정성제약공장)와 대동강제약공장을 지정했다. 내가 민간단체에 있을 때 지원한 어린이영양관리연구소에도 원료의약품을 전달해줄 것을 요청했으나 방문이 어렵다고 하여 제외되었다. 쏟아지는 비타민을 보면서 환하게 웃으시던 그 분들을 다시 보고 싶었는데 원료는 잘 확보해서 약을 계속 생산하고 있는지가 궁금해졌다. 당시 전기 공급이 어려워 최종 생산한 의약품의 품질이 만족스럽지 못해서 이번 정책사업을 하면서 기술지원을 병행할 수 있을 것이라 기대했는데 또 다시 미완의 과제로 남게 되었다.

원료의약품은 2008년 8월과 2009년 5월 2회에 나누어 북한에 전달되었다. 처음 원료의약품을 지원한 후 남한 제약 전문가들은

2008년 10월과 11월 두 차례에 걸쳐 정성의학종합센터를 방문하여 필요한 기술 이전을 진행하였다.

언제나 그렇듯이 기술 이전에 주어진 시간은 너무 짧다는 아쉬움이 크다. 남한에서도 바쁜 전문가들이 평양을 방문하는 것이 쉽지 않은데 북한은 일주일 평양 방문 기간 중에 정작 현장 방문 시간은 하루나 이틀, 그것도 네다섯 시간밖에 내주지 않는다. 북한 제약 전문가들은 새로운 지식과 기술에 목마른 사람들처럼 하나라도 더 들으려고 하고, 남한 전문가들도 그 열기에 호응해 자기 회사의 경험과 노하우를 아낌없이 풀어놓는다. 이런 광경은 매번 깊은 감동을 준다.

북한 제약공장을 방문한 남한 제약 전문가들은 북한 제약공장의 수준을 다양한 방법으로 파악하고자 했다. 남한 기준에 맞춰 북한 제약공장을 보았을 때 미비한 점이 많았으나 그런 부분은 시간을 가지고 기술 지원을 하면 된다. 무엇보다도 북한의 수준을 객관적으로 아는 것이 사업의 출발선이다. 이번 정책사업에서 기술 지원은 환자를 치료하는 안전하고 효과가 있는 의약품을 만들도록 돕는 것이기 때문에 북한 의약품 생산체계나 관련 법 등에 대한 사전 이해 과정도 필요했다.

'궁하면 통한다'는 말이 있듯이 평양을 방문한 제약 전문가들이 간접적으로나마 북한 제약공장의 기술 수준을 알아볼 수 있는 방법을 찾았다. 북한은 우리와 달리 항생제 같은 전문의약품도 처방 없이 일반 상점에서 구입할 수 있다. 나도 평양을 방문할 때마다 기념품을 살 수 있는 자유시간에는 습관적이고 의식적으로 약을 사 모으는 버릇이 있는데 이 분들도 같은 마음이었던 것 같다. 외국 출장을 가도 그 나라 약국에 꼭 들어가서 무엇이든 사온다. 공직에 들어오면서 약국 생활을 떠났다 생각했는데도 마음 저 밑바닥에는 약사의 직업의식이 살아 있었다.

이렇게 모아진 약을 가지고 2009년 2월 정부의 한 검사기관에 품질 검사를 의뢰했다. 모두 8개 제약공장에서 생산한 22종 의약품에 대해 검사를 했는데 검사 결과는 4종의 의약품만 제외하고 대체적으로 양호하다는 평가를 받았다. 원료의약품 지원도 시급하지만 약효와 안전성을 함께 갖춘 의약품을 만들 수 있도록 새로운 지식과 기술 지원이 병행되어야 한다는 교훈이었다.

다행히 우리가 원료의약품을 지원한 정성제약공장에서 생산한 의약품 10종은 함량, 중금속 실험, 미생물 한도실험 모두 적합하다는 결과를 받았다.

항생제 주사약 2종(페니실린G칼리움, 류산스트렙토마이신)은 함량 부적합 또는 실험 결과가 좋지 않았고, 어린이용 비타민 알약(북한은 '정제 tablet' 대신 '알약'이라고 한다)과 살균제 2종이 함량 부적합으로 나왔다. 어린이용 비타민 알약은 남포어린이공장에서 생산된 약인데 이 공장에 대한 정보를 조금 아는 게 있어서 안쓰러웠다. 1940년대에 건립되어 1968년부터 생산을 시작했는데 북한은 WHO에 공장 개보수를 요청했다. 북한은 '새 세기에 맞게 제약공장을 꾸리고 생산을 정상화하여 어린이 건강상태를 개선'하기 위해 개보수가 필요하다고 설명했다. WHO는 공장 실사 후 개보수보다는 공장을 새로 짓는 편이 낫겠다는 의견을 전달하였다. 이 공장의 개보수는 북한 보건성에게는 매우 중요한 사안이었음을 짐작할 수 있었는데 북한이 2007년 남북 보건당국회담 의제 중 하나로 올렸던 기억이 있다.

또 다른 함량 부적합 의약품인 살균제(코트리목사졸 알약)는 평스제약합영회사에서 생산한 의약품이었는데 이 회사는 북한과 스위스의 합작회사이다. 2004년 아스피린(평스피린)을 처음 생산한 이래 2017년 9월까지 51종 의약품을 생산하고 있다고 자사 홈페이지(http://pyongsu.com)에 소개하고 있다. 평스제약합영회사는 2007년에 북한으로부터 GMP 인증을 받았고, 2011년에는 프랑스 인증기관으로부터 GMP 인증을 받았다.* 프랑스 인증기관은 3년을 주기로 2017년 9월까지 인증 기간을 연장하였다.

내가 평스회사의 살균제 '함량 부적합' 검사 결과에 주목하는 이

---

* GMP(GMP: Good Manufacturing Practice)는 안전한 의약품을 생산하기 위해 제약공장이 준수해야 할 사항으로 의약품을 생산하는 과정에서 발생할 수 있는 착오를 없애고 오염을 최소화하면서 고품질의 의약품을 제조하는 데 필요한 기준이다.

유는 북한이 2007년 GMP 인증을 하였지만 인증 기준이 WHO 기준을 따른 것이 아니고 북한 자체의 기준을 적용한 것이 아닌가 생각하기 때문이다. 검사는 2009년 2월에 했지만 평양에서 약을 구매한 때는 그 전이기 때문에 2007년 북한이 인증한 GMP는 국제 기준에 미치지 못한 수준이 아닌가 짐작된다. 이건 비단 북한만의 문제는 아니다. 이 정책사업에 참여한 남한 제약 전문가들은 남한의 경우도 GMP가 확립되기까지 오랜 시간이 걸렸기 때문에 북한도 지속적으로 외부의 기술 지원을 받아 개선해나가는 데 시간이 필요함을 지적하고 있다. 프랑스로부터 받은 GMP 인증이 비록 북한 자력으로 획득한 것은 아니지만 이런 과정을 거쳐 북한도 외부 기술을 접하면서 변화의 필요성을 자연스럽게 느끼는 기회가 되었으리라 생각한다.

2017년 12월, 서울을 방문한 국제기구 관계자는 유엔제재의 영향으로 평스제약합영회사의 향후 운영이 어려워질 것이라는 얘기를 했다. 나는 북한에서 유일하게 GMP 기준을 갖춘 평스회사의 운영이 어렵다면 북한 자체 내 의약품 생산뿐 아니라 북한 주민들의 의약품 이용 기회마저 대폭 줄어드는 것이 아닐까 걱정이 되었다.

2015년 12월 마지막으로 평양을 방문했을 때, 평양 거리 곳곳에서 '평스약국'을 볼 수 있었다. 평스약국은 최근 북한 주민들에게 새롭게 선보이는 민영약국의 사례이다. 평스약국에서는 평스제약합영

2015년 겨울 평양의 약국. 아쉽게도 들어갈 수는 없었다.

회사에서 생산한 의약품과 수입약을 파는데 북한 주민들에게는 이 약국의 약이 더 좋다고 알려졌다고 한다. '의약품 공급체계'에 자본과 시장을 용인한 것이다. 북한은 2010년 평양에 한정하여 5개 평스약국 개업을 허가하다가 2013년에 평양 이외 지역으로는 처음으로 평성에도 개업 허가를 확대하였다. 2018년 1월 현재 원산, 함흥, 남포 지역까지 개업 허가를 받아 모두 14개의 평스약국이 운영되고 있다고 한다. 홈페이지에서는 2017년 12월부터 평스약국에 의사가 방문하여 무료상담 서비스를 제공함으로써 고객의 요구를 충족시키고자 노력한다는 홍보도 하고 있었다.

2015년 평양 거리를 오가면서 24시간 녹색 십자가 네온을 밝힌 '평스약국'을 여러 차례 지나쳤다. 북한 참사에게 약국을 구경해보고 싶다고 거듭 말했지만 어렵다는 대답뿐이었다. '무상의료'와 '평스 약국' 사이에서 북한 주민들은 어떻게 적응해나갈 것인지 자못 궁금하다.

평양
러브샷

지금 돌이켜보면 2002년 1월 첫 평양 방문은 어설픈 점이
많았다. 우리가 먼저 보낸 제약장비가 평양에 잘 도착했을까, 계획
한 대로 현지에서 약을 잘 만들 수 있을까에만 집중했지 평양의 전
기 사정이 그렇게 어려우리라고는 생각하지 못했다. 약을 시범 생산
하면서 기술 이전을 하는 것이 방문 목적이었는데 중간에 전기가
끊어지면 다시 전기 공급이 될 때까지 기다려야 했다. 그 시간이 얼
마나 걸릴지 모르기 때문에 우리를 안내하는 참사들은 평양 이곳저
곳을 데리고 다녔다. 마음의 여유를 조금 가졌으면 그 풍광들을 즐
겼을 텐데 방문 목적을 달성하지 못하면 어쩌나 하는 걱정이 눈과
마음을 가렸다.

나는 유홍준의 『나의 문화유산 답사기』 코스를 따라 신혼여행을 다녔을 만큼 지역 문화유산을 한가로이 보러 다니는 것을 좋아하는데 돌아보니 그 기회를 그냥 흘린 것 같아 안타깝다.

평양에 가면 무엇을 보냐고 묻는 사람들도 주체탑이나 체제 선전을 위한 여러 동상들을 보았을 것이라는 짐작은 한다. 그러나 평양에도 우리처럼 4대문이 있고, 맛집이 있으며, 따뜻한 마음을 내주는 사람들이 있다는 것은 모르는 것 같다. 내가 10년도 지난 일들을 다시 떠올리면서 이 글을 쓰는 이유는 기록의 의미 외에 북한에도 사람이 살고 있다는 단순한 사실을 나누기 위함이다.

글을 쓰는 동안 우연히 I. B. 비숍의 『조선과 그 이웃 나라들』을 읽었다. 이 책은 비숍 여사가 1894년부터 1897년 사이 조선을 여행하면서 보고 느낀 것들을 적은 책이다. 이 시기는 갑오동학혁명, 청일전쟁, 갑오경장, 을미사변으로 이어지는 격동의 세월로, 우리가 아닌 타자의 시선으로 시대를 읽을 수 있었다. 책에서 평양의 모습을 잠깐 소개하는데 그 구절을 읽은 순간 내가 보았던 평양이 다시 떠올랐다.* 사람이 살고 있다는 사실을 나의 딱딱한 사업보고서 같은

---

* 내 마음에 꽂힌 구절. "우리는 7일장을 만났다. 나는 어느 지방에 들르면 그곳의 교역에 관해서 듣는 버릇이 있는데 여러 가지를 물어본 결과 나는 평범한 의미에서의 교역이 조선의 중부와 북부 지역에서는 존재하지 않는다고 단언할 수 있다. (…) 내가 여행했던 지역을 보면 평양을 제외하고는 교역이란 존재하지 않았다." (I. B. 비숍, 「제26장 격전지 평양의 모습」, 『조선과 그 이웃 나라들』, 297쪽.)

글이 아니라 사진 몇 장이 더 설득력 있게 말해줄 수 있다는 생각을 했다.

사진은 많지 않았다. 2000년대 평양 방문 시에는 사진을 자유롭게 찍을 수 없어서 나는 사업에 필요한 사진 외에는 사진을 찍어야겠다는 생각을 하지 않았다. 사진 때문에 서로 불편하게 하는 상황을 피하고 싶어서였다.

〈대동문〉. 대동강변에 위치한 대동문은 평양 내성의 동쪽 대문으로 정문이다. 대동강변과 모란봉 일대의 많은 유적 가운데 문은 대동문, 대(장수가 올라서서 명령·지휘하던 곳)는 을밀대를 꼽는다고 한다. 유홍준은 대동문 현판이 위아래로 3개 나란히 걸려 있는 것이 인상적이라고 했다. 무지개문 머릿돌에 음각으로 첫 번째 대동문, 그 위 단군 이래 최고의 명필이었다는 양사언의 두 번째 대동문, 평안감사 박엽의 세 번째 대동문 현판이 있다.

〈칠성문〉. 모란봉에 있는 칠성문은 평양 내성의 북문이다. 고구려 때 쌓은 평양성은 내성·외성·중성·북성 네 겹으로 둘려 있는데 관아가 자리 잡은 중심지가 내성이다. 1010년 평양을 침략한 거란족은 칠성문 앞에서 큰 타격을 입었고, 임진왜란 때인 1593년 평양성 탈환 작전 때 우리 의병들이 가장 먼저 칠성문을 공격하였다고 한다.

〈을밀대〉. 칠성문 위 을밀대로 가고 있다. 평양 내성의 북쪽 문이

대동문.

칠성문.

을밀대.

옥류관.

평양 러브샷과 노래방.

칠성문이라면 북쪽 장대는 을밀대이다. 6세기 중엽 평양성을 쌓을 때 을지문덕의 아들인 을밀 장군이 쌓았다는 데에서 을밀대가 유래했다는 설도 있고, 을밀 선녀가 이곳 경치에 반해 하늘에서 자주 내려와 놀았다는 데에서 유래했다는 설이 팽팽하다.

〈옥류관〉. 평양 맛집 옥류관. 평양을 방문하는 사람은 거의 예외 없이 옥류관을 가는 것 같다. 옥류관 안내원은 하루에 1만 명이 옥류관을 찾는다고 설명했다. 평양 주민들은 옥류관 냉면을 한 번에 두 그릇씩 먹는다고 하는데 그만큼 평양이 자랑하는 맛집이다.

〈평양 러브샷과 노래방〉. 2002년 첫 방북 때 전기 문제로 시범 약 생산이 어려워 내내 마음이 무거웠는데 어린이영양관리연구소에서는 마지막 저녁을 직접 준비해서 우리 마음을 달래주려 애썼다. 대표단 중에 여자가 나 혼자여서 박 선생님은 나를 많이 챙겨줬다. 내가 고마운 마음을 담은 '러브샷'을 제안하자 박 선생님은 "그게 무엡니까?" 하며 물었다. 우리가 묵었던 보통강호텔 지하의 노래방에는 남한 노래가 다수 있었는데 남이나 북이나 모이면 노래로 서먹함을 달래려는 건 같은 마음인 듯했다.

part 03

정성의 나라

정성이 지극하면
돌 위에도 꽃이 핀다

원료의약품과 제약장비를 지원하여 북한에서 약을 생산
하는 사업이 자리를 잡아갈 무렵인 2003년 여름, 북한 참사는 우리
에게 구역병원을 지원해달라는 요청을 했다.

당시 다른 민간단체들도 담당 참사들로부터 평양에 있는 병원을
개보수해달라는 요청을 받고 있는 상황이었다. 병원 규모에 따라서
큰 병원일 경우 여러 단체가 지원하고, 작은 규모일 경우 한 단체가
맡아서 개보수 작업을 진행하고 있었다. 예를 들면, '조선적십자중
앙병원'처럼 규모가 큰 병원은 남한의 몇 개 단체가 과(이비인후과, 신
경외과, 호흡기과 등)를 나누어 지원했다. 지원 대상을 어린이로 집중하
는 단체의 경우 북한 어린이 사망 1, 2순위인 설사와 폐렴을 전문으

로 치료하는 어린이병원을 새로 짓거나, 평양의학대학병원 내에 소
아병동을 신축하기도 했다.*

"구역병원이요? 그게 무슨 병원이죠?"

"평양시가 18개 구역, 2개 군으로 나눠져 있지요. 우리 공화국에
서는 내가 어디가 아프면 우선적으로 동진료소의 담당 의사에게 먼
저 갑네다. 동진료소에서 치료가 안 되면 그 다음으로 구역병원으
로 가지요. 보통 구역병원은 입원실이 70~150병상 규모로 모든 과
를 갖추었고, 하루에 외래 환자는 200여 명 됩니다. 우선 '대동강구
역병원'부터 시작했음 좋갔시오."

"대동강구역병원에 대해 좀 더 설명해주세요. 병원 상황을 자세히
알아야 우리가 지원할 물자 선정을 정확하게 할 수 있어요."

"잘 들어보시라요. 대동강구역병원은 1965년에 9월에 개원하여
의사까지 합해 모두 360여 명의 보건일꾼과 450병상, 25개 전문과
를 갖춘 병원이야요. 대동강구역의 주민 수는 약 20만 명으로 평양
시 전체 인구가 200여 만 명이라 볼 때 인구 밀집 지역에 해당해요."

"25개 전문과는 어떻게 되나요?"

"내과, 외과, 소아과, 부인과 등 25개 전문과가 있지요. 이 중에서
내과, 외과, 소아과, 부인과는 입원실이 있고, 신경과, 안과, 이비인후

---

* '북한은 2010년 5월 평양의학대학을 김일성대의 단과대학으로 편입시켰는데 편입 후 평의대의 인
  기가 더 올라갔다고 한다', 연합뉴스, 2010. 11. 24.

과는 외래진료만 하고 있습네다."

"외과에서는 어떤 수술을 주로 하나요?"

"맹장수술이 제일 많고 담낭절제술, 위절제술, 세균성 간농양의 천자 같은 수술도 상당히 해요. 뇌 수술을 할 때도 있지요."

"수술할 때 마취는 어떻게 하고 있나요?"

"마취 방법은 경막하 마취도 실시하나 주로 기초 마취를 하죠. 기초 마취는 진정제인 디아제팜(때로는 모르핀이나 케타민)을 정맥주사하고 복부에 국소적으로 리도케인을 사용하는 방법을 씁네다. 개복수술할 때도 이 방법으로 해요."

"부인과가 있다고 하셨는데 한 달에 분만을 몇 건 정도 하나요?"

"출산은 하루에 2명으로 본다면 한 달에 60명 정도 낳는다고 생각해요."

함께 간 의사 선생님들은 열심히 묻고 메모를 했다. 구역병원이라는 이름도 생소하였고, 우리와 수술 방법이 어떻게 다른지, 지원을 한다면 어떤 물자가 우선 필요할지 등을 파악하기 위해 원장님께 많은 것을 물었다.

"수술장비나 의약품 등이 충분치 않은 것 같은데 수술이나 분만할 때 어려움이 많았겠어요?"

"진숙 선생, 잘 들어보시라요. 공화국(북한 사람들은 '우리나라' 대신에 '공화국'이라는 말을 자주 쓴다)에서 우리 의료 일꾼들은 '정성운동'을 가

대동강구역병원 앞에서 원장님과 함께.

열차게 하고 있시오. '정성이 지극하면 돌 위에도 꽃이 핀다'는 말이 있듯이 '정성이 명약'이고 '정성이 진짜 불사약'이지요. 비록 약이 부족해서 치료에 어려움은 있지만 내 가족처럼 온 정성을 다해 환자 치료에 진력을 다하고 있다, 이 말이지요."

"정성의 나라네요."

"정성의 나라? 그렇게 볼 수도 있갔네요, 하하."

나는 원장님의 이 말씀을 우리가 보통 말하는 '정성을 다한다'는 의미로 이해했다. 그런데 여러 병원을 방문하면서 병원 입구에, 병원 복도에 붙은 선전물에, 의료인들이 입은 가운에 '정성'이라는 글씨를 보면서 '정성'이 북한 보건의료인들을 하나로 묶는 사상과 같은 것이라고 이해했다.*

평양에서 돌아온 나는 대동강구역이 평양 어디에 위치하는지, 병원 현황은 어떤지 자료를 더 찾아보았다. 우리는 대동강구역병원이 북한의 보건의료 전달체계에서 어떤 위치에 있고 어떤 역할을 하는지도 함께 공부했다.

다음에 '호담당의사'에 대해 설명하겠지만, 북한에서는 호담당의사가 자기가 담당하는 가정에서 환자가 생기면 진료를 하는데 필요

---

* '정성운동'은 1960년대부터 의료인을 대상으로 한 사상교양사업의 하나로 진행되었으며, 1990년 대 고난의 행군 시기에 더욱 강조되었다. 최영인·김수연·황상익, 「정성운동이 북한 보건의료에 미친 영향」, 『대한의사학회지』, 2006.

할 경우 1차 진료기관인 리병원이나 리진료소로 의뢰한다. 환자가 치료가 안 되거나 검사가 필요할 경우 후송 의뢰서를 발급받아 2차 진료기관에서 진료를 받는다. 2차 병원에서는 약 1개월 정도 치료를 받을 수 있는데 그래도 완치가 되지 않으면 3차 진료기관인 도 단위 병원으로 후송되어 3개월간 치료를 받도록 하고 있다. 2차 병원으로 후송되는 환자 가운데 결핵 환자와 간염 환자는 결핵요양소와 간염 요양소로 보내진다.

각 도의 중앙병원과 의학대학병원에서는 장기간 입원을 요하는 중환자만을 진료하고, 확진을 위하여 의뢰되는 환자는 검사 결과와 치료 방법에 대한 지시서와 함께 하급 의료기관으로 보내진다.

당시 민간단체들은 주로 4차 진료기관인 적십자병원과 평양의학 대학병원 등 대형 병원을 중심으로 현대화 지원사업을 진행하고 있었는데 북한이 이즈음부터 민간단체에게 2차 진료기관도 개방하기 시작한 것이다. 지원본부의 대동강구역병원을 시작으로 남한 민간 단체들은 대성구역병원, 모란봉구역병원, 강남군병원을, WHO는 지방의 군병원 현대화를 진행해나갔다.

이 글을 쓰면서 나는 대동강구역병원이 남한에서는 어느 정도 규모에 해당하는지 궁금했다. 인천광역시 의료원의 예를 보면 304병상, 23개 전문과이며, 인천광역시 전체 인구는 2014년 기준 290만 명이다. 인천에는 공공병원인 이 의료원 외에 민간병원들이 많아 단순 비교는 적절치 않다고 판단했다. 그러나 언제나 환자들이 많아 30초 동안 의사 얼굴 보려고 30분 넘게 기다린다는 남한의 병원 풍경을 생각할 때 대동강구역병원은 규모에 비해 환자가 많은 것 같지 않았다.

함께 대동강구역병원을 방문한 분들과 여러 차례 공부를 하면서 우리 단체는 병원 지원사업을 할 수 있을지, 지원을 시작한다면 무엇부터 먼저 해야 하는지, 수차례 검토 회의를 했다. 우리 단체는 회원 수도 많지 않고 이름도 '어린이의약품지원본부'이듯이 열심히 모금을 하고 모아진 만큼 의약품을 지원하는 활동을 주로 해왔다. 의약품 생산장비 지원도 의약품 지원이라는 맥락에서 진행했던 사업이었다. 우리는 북한 아이들의 사망 원인 1, 2위가 설사와 폐렴 같은 세균성 질환이고, 북한 임산부의 사망 원인 1위가 출산 중 과다출혈이라는 사실에 주목했다. 우리는 이런 질환들로 인한 사망을 줄이기 위해서는 병이 생기기 전에 예방 조치를 하고, 병이 나면 치료를 할 수 있도록 진단과 치료장비를 지원해주는 것이 필요하다는 결론을 내렸다. 병원의 여러 과 중에서도 소아과, 산부인과, 분만실에 필요한 장비들로 우선 지원해야 할 리스트를 꾸렸다.

우리는 원장님이 병원 구석구석을 안내하며 병원에 필요한 물자가 무엇인지 설명할 때 이미 마음속으로 서로 공감하고 결론을 내리고 있었는지도 모르겠다. 분만실의 상황은 매우 심각했는데 수술

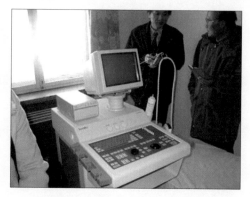

초음파 진단기가 고장 없이 도착했는지 확인 중이다.

지원장비 사용법을 설명하는 중이다.

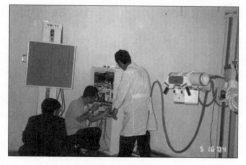

지원장비 사용법을 설명하는 중이다.

장비를 소독하기 위해 복도에서는 물이 끓고 있었고, 수술 의자는 수술이 가능할지 염려스러울 정도로 노후화되었다.

원장님은 이런 조건에서도 이루어진 수술 대장을 보여주시며 가장 많은 수술 종류가 무엇이며 어떤 장비가 필요한지 진지하고 열정적으로 설명하였다. 함께 간 의사 선생님은 이런 조건에서 수술을 하고 있다는 것이 놀랍고 감동적이며 남한에서 편하게 의사를 하고 있다는 것이 죄송하고 감사하다는 말씀을 반복하였다.

우리는 2003년이 가기 전에 '대동강구역병원'에 산부인과 진찰에 필요한 초음파와 내시경 그리고 각종 수술 세트 등을 우선 지원했다.

2004년에는 엑스레이와 초음파 그리고 심전도기 같은 기본 진단 장비와 분만실의 수술장비, 소아집중치료실에 필요한 물자들을 중점적으로 지원했다. 우리는 병원 물자들을 처음 지원하기 때문에 걱정이 많았다. 민감한 장비들이라 인천에서부터 남포까지 배로 오는 동안 고장이 생기진 않았을까, 전기를 많이 필요로 하는 장비들은 아닐까, 북한 의사들이 만족해할까, 걱정은 꼬리에 꼬리를 물었다.

2004년 3월과 5월, 나는 대동강구역병원을 두 차례 방문했다. 2003년 하반기에 물자를 지원한 후 모니터링을 하기 위한 방북을

앞줄 맨 오른쪽이 홍경표 선생님.

준비했지만 사스 발생으로 방북이 여러 차례 연기되었다.

2002년 제약장비를 지원하고 나서는 제약 전문가와 함께 평양을 방문했듯이, 이번에는 의료장비에 대한 사용 설명을 하고 북한 의료인들이 장비를 익히도록 도와주기 위해서 장비 전문가들이 함께 방북했다.

우리가 지원한 장비 중 초음파의 경우 구역병원에 설치된 사례가 없었기 때문에 그동안 초음파 진료가 필요한 임산부들은 평양산원에 가야 했다고 한다. 나와 함께 방북한 장비 전문가가 초음파 사용법을 알려주기 위해 병원을 방문한 임산부를 대상으로 시연을 시작했다. 임산부의 배에 젤을 바르고 탐촉자로 아이의 머리와 손, 발의 위치를 설명해주고 아이의 심장이 뛰는 소리를 들려주었다. 북한 의사들은 낯선 남한 사람들을 경계하는지 처음에는 초음파에서 거리를 두고 설명을 듣더니 점점 가까이 설명하는 분 주위로 모여들었다. 탐촉자를 건네며 한번 해보라고 했더니 북한 의사들은 적극적으로 손을 들었다. 책에서만 초음파를 보았다며 한참을 탐촉자로 아이의 심장, 손가락, 심박동을 체크하더니 아이가 남자인지, 여자인지를 궁금해했다. 순간 누워 있던 산모도 아이의 성별이 몹시 궁금하다는 표정을 지었지만 아이가 웅크린 자세여서 알 수 없었다. 병원 원장님은 우리의 이런 모습을 흐뭇하게 보시더니 이제 우리 구역에 사는 임산부들이 멀리 가지 않고 진찰을 받을 수 있게 되어 기쁘다고 고마움을 전했다.

나는 대동강구역병원 원장님처럼 어려운 상황을 솔직하게 내려놓고 지원이 필요한 부분은 구체적이고 적극적으로 요구했던 것이 처음 시도해보는 구역병원 지원사업을 큰 시행착오 없이 진행할 수 있었던 요소라고 생각한다. 더불어 대동강구역병원 원장님의 처지에서 사업을 처음부터 진두지휘했던 홍경표 선생님의 자세도 시행착오를 줄일 수 있었던 또 하나의 요소이다. 홍 선생님은 대북 지원에서 유념할 사항으로 남루한 병원이라는 겉모습만 보고 미개한 나라처럼 인식해서는 절대 안 된다고 거듭 강조했다.

"현재 봉착한 경제난으로 장비를 교체하지 못했을 뿐 나름대로 신식 의료장비를 사용해왔고, 지식과 능력을 갖춘 인력도 충분하다. 그들의 요구 수준 또한 매우 높기 때문에 반드시 수준급의 장비를 선택해야 한다. 그리고 기대치와 열의는 상상을 초월한다. 아무리 하찮은 물건일지라도 아끼고 소중하게 정성을 다하여 진료에 임하는 모습은 감동적이다. 지원하기로 결정한 부분은 최선을 다하고 끝까지 책임을 지는 모습을 보여야 한다. 그저 외형만 크게 벌여놓고 뒷감당을 외면하는 형국이 되어서는 곤란하다. 작지만 충실하고 신뢰받는 협력사업이 되어야 한다."

홍 선생님은 대동강구역병원 이후에도 만경대어린이종합병원 건립과 철도성병원 현대화 등 '병원현대화사업단장' 역할을 훌륭하게 해냈다. 선생님 말씀처럼 작지만 최선을 다하고 끝까지 책임을 지는 모범을 스스로 보여주었기 때문에 우리 단체같이 작은 곳이 그 어려운 과정을 끌고 온 것이 아닌가 싶다.

구역병원사업의 재미는 구역병원 원장님 말씀대로 우리 구역에 사는 환자를 우리 구역병원에서 치료할 수 있게 지원한다는 의미에 더해 주민들의 생활을 좀 더 가까이 볼 기회를 갖는다는 데 있었다.

평양을 방문하는 동안 우리는 북한 안내원이 데리고 가는 곳 외에는 북한 주민들의 실생활을 마주할 기회가 별로 없었다. 보통의 '참관 코스'인 만경대, 주체탑, 평양산원, 만수대의사당 언덕의 김일성 동상 등을 큰 길을 따라 차로 이동하기 때문에 평양 방문을 여러 차례 해도 크게 새로울 것이 없었다. 그러나 구역병원은 그 구역 주민들이 사는 동네 안에 위치해 있기 때문에 포장이 되지 않은 흙길을 따라 마을 안쪽으로 들어가야 했다. 우리는 일요일에 대동강 구역병원을 방문했는데 마을 우물에서 빨래를 하는 아줌마, 종이를 깔고 장기를 두고 있는 할아버지와 아저씨들(아줌마들도 장기를 두고 있었다), 평상에 누워 숙제를 하는 아이들, 놀이터에서 미끄럼틀을 타는 아이들, 모두 일상적인 우리들 모습 그대로였다.

part 04

환자가 찾아가는 작은 병원

호담당의사

대동강구역병원을 방문했을 때 나는 복도를 오가면서 각 방에 붙어 있는 과 이름을 살펴보다가 남한 병원에는 없는 '호담당과'를 발견했다. 내과, 외과, 부인과, 방사선과(뢴트겐과)처럼 남이나 북이나 차이가 없거나 차이가 있더라도 대개 짐작이 가능했는데 '호담당과'는 낯설었다.

"호를 담당하는 과? 호가 뭐지? '가가호호' 할 때 그 '호'인가? 그런데 북한은 한자를 쓰지 않는다고 알고 있는데……."

"우리 공화국에는 '호담당의사제'에 따라 '호담당의사'가 있어요. 한 명의 호담당의사는 보통 130~150가구를 책임지고 한 사람이 태어나서부터 죽을 때까지 병력 관리, 일상적 건강교육, 예방접종을 포함한 건강에 대한 모든 것을 관리해주고 있어요."

"우리 집 주치의 같은 거네요."

북한은 6.25 전쟁 이후 사회주의 건설을 위해 주민을 동원해야 하는 단계에서 주민들의 유병률을 낮추어 노동력 상실을 줄이기 위해 예방의학을 중시하였다. 북한 보건의료 제도의 기본 원칙인 예방의학적 방침을 지탱하기 위해 1960년대 초반부터 소아과를 시작으로 의사담당구역제를 실시하였다. 북한 주민은 거주 이전이 제한적임을 감안할 때 무덤에서부터 요람까지 관리한다는 원장님의 설명은 이해가 되는 대목이었다.

"구역병원에 오기 전에 동진료소를 거친다고 하셨는데 대동강구역에는 동진료소가 몇 개 있나요?"

"우리 구역에는 13개의 동진료소가 있시오. 우리 동진료소 호담당의사 1명은 120~130세대를 담당하고 있는데 한 세대에 보통 4~5명이 사니까 호담당의사 1명이 500~600명을 맡게 되는 겁네다."

"대동강구역에는 모두 몇 명의 호담당의사가 있나요?"

"1개 동진료소에 50여 명의 호담당의사가 있다고 보면 되요. 글케 보면 전체 호담당의사는 600여 명 정도 될 수 있갔죠. 아까도 잠시 얘기했는데 호담당의사는 오전에는 동진료소에서 외래를 보고 오후에 왕진을 다녀요. 위생선전사업도 매일 나가는데 그 사이에 환자가 오면 진료소에 있는 통에 쪽지를 남겨요. 다음 날 호담당의사가 출근하는 대로 그 쪽지를 보고 가장 먼저 방문하는 거지요."

"환자를 찾아가는 작은 병원이네요."

"지원본부 선생들이 잘 료해(이해)하셨어요. 그런데 우리 구역병원을 찾아오는 환자들은 지원본부 선생들이 협조해주신 물자들로 잘 치료를 할 수 있게 됐는데 병이 나기 전에 예방활동을 하는 호담당 의사들은 아무것도 가진 게 없어요. 호담담의사들이 예방주사를 주기 전에 아이들 열도 재야 하고, 열이 나면 약도 줘야 하는데 그런게 부족하단 말입네다. 노인들은 주기적으로 혈압도 재야 하니까 혈압기 같은 걸 지원해줬음 좋겠어요."

평양에서 돌아온 후 우리는 여러 차례 회의를 했다. 평양에 체류하는 동안 각자 보고 들었던 내용들을 공유하고 새로운 제안에 대한 토론도 필요하기 때문에 평양을 다녀오면 바쁘다. 회의를 하면서 우리는 북한에 대해서 너무도 모르고 있다고 깨달았다.

'북한의 주요 보건정책은 무엇이지?'

우리는 북한이 1980년 채택한 인민보건법에서 인민보건의 기본원칙으로 완전하고 전반적인 무상치료제(제9조), 예방의학적 방침에 의한 건강보호(제17조), 의사담당구역제(제27조)를 규정하고 있다는 것을 알았다. 이 중 의사담당구역제는 1996년에 호담당의사제로 개칭되었는데 당시 경제 위기가 본격화됨에 따라 병원 물자 부족과 전염병을 예방하기 위해서는 담당의사의 역할을 강조할 수밖에 없는 상황이라는 데 견해를 같이 했다.

'호담당의사는 북한 보건의료체계에서 어디에 위치하고 어떤 역할을 하지?'

당시 나는 북한을 지원하는 단체에서 일한다는 사람이 북한에 대해서 아무것도 모른다는 자각에 북한대학원에서 공부를 하고 있었다. 대학원 도서관에는 많은 자료들이 있어서 북한 보건의료에 대해 단체 분들과 함께 공부하는 데 도움을 받을 수 있었다. 논문을 준비하면서 북한 '로동신문' 기사도 자세히 볼 기회가 있었는데 '로동신문'에는 호담당의사의 영웅적이고 헌신적인 미담 기사가 많이 실려 있었다. 우리는 이 기사들을 읽으면서 대동강구역병원 원장님께서 호담당의사에게 필요한 물자를 지원해달라고 한 마음을 공감할 수 있었다. 아래 기사들을 보면 호담당의사의 방문진료, 위생선전, 예방접종 등에서의 역할을 구체적으로 알 수 있다.

(로동신문, 2002. 10. 16.) '의사가 찾아간다' 해주시 해운동 55인 민반의 팔순을 바라보는 리영삼할머니의 가정에 중부종합진료소 담당의사 김명희동무와 간호원처녀가 찾아 왔다. 이젠 기침이 뚝 멎었다고 하는 할머니의 말에 얼굴이 환해 진 담당의사는 청진도 해보고 혈압과 맥박수도 가늠해본다. 이윽고 그의 얼굴에 기쁨이 가

득 실린다.

(로동신문, 2000. 6. 8.) '1일검병련락함' 호담당의사들이 아침출근
시간이나 또는 여가시간에 무시로 담당단위 주민들의 건강상태, 특
히 전염성이 강한 병을 미리 막기 위하여 생겨 난 하얀 적십자표식
을 한 1일검병련락함.*

호담당의사에 대한 새로운 내용은 복지부에서 북한 업무를 하면
서 많이 접할 수 있었다. WHO는 2006년부터 영유아 지원사업을
진행하면서 호담당의사의 재교육에 많은 비중을 두었다. WHO가
재교육을 위한 다양한 지침서를 만들어서 도병원 의사들에게 1차
교육을 실시하면, 교육을 받은 도병원 의사들이 군병원 의사들을,
군병원 의사들은 리진료소의 호담당의사들에게 교육이 연쇄적으로
내려가도록 했다. TOT(Training of Trainers) 방식이었다.

나는 2007년 WHO 영유아 지원사업 평가회의에서 호담당의사
대상 교재를 남한 정부에도 전달해줄 것을 요청했다.(영유아 지원사업
에 대해서는 6장에서 자세히 다루고 있다.) 나는 WHO 담당자가 WHO의
영문 교재를 한국말로 번역하고 호담당의사에게 맞는 교재를 만드
는 과정에서 번역이 쉽지 않았다는 설명을 했기 때문에 그 교재를

---

* 로동신문 원문을 그대로 옮겨 띄어쓰기 등이 우리와 다른 점이 있다.

보고 싶었다. 당시 민간단체들도 영유아 지원사업을 진행하고 있었기 때문에 이 교재들을 민간단체들도 공유한다면 교재 개발에 드는 노력과 비용을 절약할 수 있겠다고 생각했다. 나아가 우리 전문가들이 그 번역을 맡게 된다면 남북한 의학용어를 비교해볼 수 있는 기회가 되면서 향후 남북 의학용어 통일 작업의 출발이 되지 않을까라는 욕심도 생겼다.

나의 욕심이 너무 과한 것이었을까? 2008년에 WHO로부터 교재를 잔뜩 받아서 대한의사협회 남북한 의료협력위원회에 자문을 청해놓고는 아무것도 하지 못했다. 이때부터 남북 관계가 경색되면서 많은 사업들이 중단되었기 때문이다.

다음의 자료들은 WHO로부터 받은 교재들이다. 다시 남북 간 교류협력이 시작되어 업데이트된 새로운 지식들이 북한 의사들에게 전수되길 바란다.

가족계획의뢰자들과 보건일군들의

피임방법선택을 위한 안내문

이 안내문은 호담당의사가 가족계획의뢰자(가임기 여성이 주 대상일 것으로 예상)를 상대로 다양한 피임 방법을 설명하면서 적절한 피임 방법을 선택할 수 있도록 질문과 답변 형식으로 알기 쉽고 편하게 만든 교재이다. 구급피임, 자궁내 피임기구, 피임알약, 주사제, 정관절제술, 남성콘돔, 영구피임, 배란인식 등의 내용이 포함되어 있다. 남북 간 용어 차이가 크지 않아 자연스럽게 이해되는 편이다.

피임 방법 안내문 중 첫장 '맞아들이기'편. 호담당의사는 가족계획의뢰자가 어떤 상담을 원하는지(피임 방법, 에이즈 질환에 대한 우려, 원하지 않는 임신 등)에 따라 맞춤형 안내를 할 수 있다.

WHO 지침서들. WHO는 영유아 지원사업 안에 산모·신생아 지침서, 조산사 대상 훈련 지침서 등을 보급하여 북한 의료 인력의 역량개발에 기여하였다.

호담당의사재교육
강습제강

unicef ::::UNFPA WFP

인민보건사
주체99(2010)

호담당의사들의 재교육을 위해 WHO, 유니세프, 유엔인구기금 등의 협조를 받아 2010년 발간한 교재. 재교육은 지역별로 총 12일간 진행되었고, 1회 교육 인원은 40명이다. 재교육 전후 시험이 있는데 시험에 통과하지 못한 경우 재시험 여부는 찾을 수 없었다.

보건성은 2011년 WHO와 함께 「담당구역의사참고서」를 발간했다. 머리말에서 "호담당의사들이 당의 보건정책과 가장 우월한 주민건강관리제도의 본성적 요구에 맞게 담당세대 주민들에 대한 건강관리수준을 더욱 높이고 질 높은 의료봉사를 보장하는데 도움을 줄 목적으로 내보낸다"라고 적고 있다. 총 3편(건강관리조직 및 방법, 구급치료 및 심방치료, 전염병 및 기생충병예방치료) 600페이지 분량이다.

왕진가방으로
매듭짓다

우리는 대동강구역병원 원장님이 요청한 체온계, 혈압기 그리고 구급약품들을 어떻게 함께 모으는 것이 좋을지 여러 궁리를 하였다. 그러다 누군가 옛날 의사들은 왕진 갈 때 왕진가방을 가지고 다녔다는 얘기를 하자 우리 모두는 만장일치로 "그게 좋겠네!" 합창을 했다.

호담당의사들이 집집마다 방문할 때 편하게 들고 다닐 수 있도록 왕진가방을 만들고 그 안에 혈압기, 청진기, 체온계, 이경(耳鏡:귓속을 검사하는 데 쓰는 의료기의 하나), **설압자**(혀를 아래로 누르는 데 쓰는 의료 기구) 등의 간단한 진단장비를 채우는 것으로 의견을 모았다. 간단한 구급약품과 메모지, 필기구도 넣었다. 이 가방만 있으면 다 해결되도록 여러 차례 세심하게 검토를 거듭했다.

평양을 방문하면서 우리는 왕진가방 샘플을 몇 개 가지고 갔다. 실제 사용할 호담당의사들의 품평을 받은 후에 가방에 채워 넣을 물자를 사는 것이 시행착오를 줄일 수 있다고 생각했다.

우리가 만든 왕진가방을 호담당의사들이 마음에 들어 할까? 북한 실정에 맞지 않으면 어떻게 하지? 걱정을 하며 우리는 왕진가방을 수줍게 내밀었다.

시커먼 007가방 모양의 왕진가방을 보고 저게 뭘까? 긴장 반 호기심 반의 눈빛으로 바라보던 호담당의사들이 가방을 열자 "이야!" 하는 탄성을 질렀다.

"어떻게 우리 마음을 알고 꼭 필요한 것들만 갖췄습네까?"

"이 가방 간편하게 메고 다닐 수 있고 아주 좋구나야!"

"당장 가방 메고 우리 담당 가보고 싶구나!"

남한 사람들을 만나본 적이 없는 호담당의사들은 지난 번 처음 만났을 때와는 달리 수다쟁이들이 되었다. 마음이 울컥해지며 눈시울이 뜨거워졌다.

호담당의사들이 사용하면서 왕진가방 내용물은 계속 진화해갔다. 북한 의과대학에서는 양방과 한방 교육을 함께하기 때문에 북

왕진가방과 내용물.

한 의사들은 한방 치료가 가능하다. 왕진가방에는 침세트가 추가되었고, 병원에 오지 않고도 간단하게 호담당의사들이 현장에서 처치가 가능할 정도의 해열진통제를 포함한 필수의약품과 응급치료 세트도 더해졌다. 왕진가방은 점점 뚱뚱해졌지만 왕진가방이 뚱뚱해질수록 우리는 호담당의사 손을 거쳐 북한 주민들이 한 사람이라도 더 건강해지는 것 같아 뿌듯했다.

우리는 대동강구역병원의 호담당의사가 600여 명이므로 1차로 200개를 먼저 지원하고 추가 모금을 해서 400개를 지원하자는 계획을 가졌다.

그러나 왕진가방이 입소문이 나면서 북한은 대동강구역병원을 포함해서 평안도, 함경도, 량강도, 강원도 등에 분배할 1,600개의 왕진가방을 추가로 요청했다. 우리가 지원한 왕진가방이 북한에서 핫 아이템이 되었다니 기쁘고 뿌듯한 일이지만 한 개에 20만 원 하는 왕진가방이 1,600개라면 3억 원 넘는 모금이 필요했다.

우리는 '사랑의 왕진가방 보내기' 캠페인을 시작했다. 후원자들의 형편에 맞게 다양한 후원금액을 제시하여 개미투자자를 최대한 많이 모으자는 전략을 취했다. 풀옵션 왕진가방은 20만 원이지만 사정에 따라 혈압기(3만 원), 가방+청진기(6만 원), 혈압기+펜라이트 2개(10만 원), 검이경+혈압계(15만 원) 등으로 주머니 사정에 따라 골라먹는 재미(?)를 느끼도록 다양한 후원 아이템을 만들었다. 후원 아이템이 구체적이고 내가 지원한 물자들이 아픈 사람을 치료하는데 쓰인다는 홍보효과 때문인지 짧은 기간에 많은 사람들이 모금에 참여했다. 남이나 북이나 왕진가방은 인기 폭발이었다. 결국 우리는 6개월 만에 1,600개의 왕진가방을 전달할 수 있었다. 북한 민화협은 11월에 왕진가방 1,600개에 대한 분배정형(인수확인증)을 주었는데 왕진가방은 각 도의 도 소재지를 중심으로 전달되었다. 주로 교통 사정이 좋지 않은 함경도, 량강도, 강원도 등에 전달되어 더 보람을 느꼈다. 아무래도 물자가 더 부족한 지역일 텐데 그 부족함을 왕진가방이 조금이라도 메꿔줄 수 있다면 다행이다. 우리가 할 수 있는 일은 호담당의사에게 왕진가방을 들려주는 것이다.

자원본부 회원들은 보험 판매원이 보험상품을 세일하듯이 만나는 사람들에게 왕진가방 후원 약정서를 반강제로 받아냈다.

아래 자료는 당시 왕진가방 모금을 위해 어린이날 서울숲에서 캠페인을 할 때 나눠준 홍보물의 일부 글이다.

"평양시 대동강구역 문수1동에 사는 5살 인혜가 한밤중에 열이 펄펄 나면서 토하고 있다. 집에는 차가 없고 대중교통도 끊어진 시간이라 병원에 갈 수도 없는 다급한 상황이다. 인혜 아빠는 우리 집 호담당의사 김 선생님 집으로 뛰어간다. 인혜 아빠는 얼마 전 인혜 엄마에게 들었던 '왕진가방'이 번뜩 생각났다.

올해 왕진가방 분배정형

1. 대동강구역병원   400 개
2. 통천군 인민병원   100 개
3. 평안남도 평성시   150 개
4. 함경남도 함흥시. 중남시   300 개
5. 량강도 혜산시   250 개
6. 함경북도 청진시   200 개
7. 강원도 원산시   200 개

                          계 1, 600 개

민족화해협의회

주체 93(2004)년 11 월 1 일

2004년 왕진가방 분배정형.

남한에서 왕진가방을 많이 지원해줘서 호담당의사들에게 분배되었다는 것이다. 그 왕진가방 안에는 체온계, 청진기는 물론이고 비상약도 있어서 모두들 구경을 갔었다고 한다. 인혜가 열이 심하고 토한다는 소식을 들은 김 선생님은 왕진가방을 챙겨 인혜 아빠 뒤를 따랐다. 인혜네에 도착하자마자 김 선생님은 왕진가방을 열어 체온계로 열을 재고, 청진기를 가슴과 등에 대보고, 목안을 들여다보았다. 인혜 엄마에게 저녁에 무엇을 먹었는지, 언제부터 열이 나기 시작했는지 묻고 나서 요즘 유행하는 목감기인 것 같으니 일단 해열제로 열을 내리고 하루 더 상태를 지켜보자고 하셨다. 인혜 엄마는 어제 구경 가서 보았던 왕진가방이 인혜를 살렸다며 김 선생님께 거듭 감사 인사를 했다."

왕진가방으로 시작한 2004년은 왕진가방으로 매듭을 지었다. 북한 지원을 하는 다른 단체가 우리에게 왕진가방을 공동구매하고 공동지원하자는 제안을 했다. 공동구매할 경우 단가가 낮아져서 같은 금액으로 더 많이 지원할 수 있기 때문에 우리는 2004년 말 북한과 왕진가방 지원에 대한 공동합의서를 체결했다.

사실인지 진위를 확인하지 못했으나, 이 공동합의서를 체결하기 전에 북한 고위 관료가 우리가 묵은 호텔로 찾아와 올해 왕진가방이 북남협력사업의 최우수 모범이었다며 우리를 치하했다. 아무렴이 단체는 1만 개의 왕진가방에 의약품과 의료기기를 넣기 위해 '패킹봉사단'을 모집했다고 한다. 3주에 35명의 자원봉사자들이 패킹을 하는 사진을 보기만 해도 가슴이 뛰는 감동을 받았는데 산같이 쌓인 왕진가방을 받은 호담당의사들은 얼마나 기뻤을까?

최근에는 유니세프와 같은 국제기구에서도 백팩 형태의 왕진가방을 후원하고 있다고 한다. 2016년 서울을 방문한 유니세프는 북한 보건의료의 가장 큰 어려움으로 필수의약품의 부족을 꼽았다. 유엔 대북 제재로 국제사회의 북한 지원이 급감하면서 도로 사정이 어려운 함경도, 자강도, 량강도에 사는 주민들은 의약품 이용에 곤란을 겪고 있다고 했다. 유니세프 관계자는 사진과 같은 백팩 형태의 왕진가방은 산악 지역에서도 이동을 용이하게 하므로 이 가방에 필수 의약품을 넣어 환자를 찾아가도록 할 계획이라고 했다. 이 왕진가방에는 항생제, 구충제, 해열제 등 응급의약품과 청진기, 체온계, 주사기 등 기본 진단 도구들 포함 30여 가지가 들어 있다. 특이한 것은 자전거가 왕진가방과 함께 패키지로 지원되면서 최대한 빠른 시간 안에 환자를 찾아갈 수 있도록 하고 있다.

2018년 2월 현재까지도 남한 정부는 유니세프에 지원을 개시하지 못하고 있다.

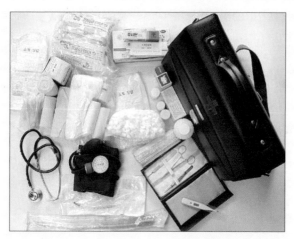

샘복지재단의 '사랑의 왕진가방'. 왕진가방 속에는 각종 의약품 및 의료기기가 담겨 있다. /사진제공 샘복지재단.

'패킹봉사단'이 왕진가방을 포장하고 있다. 아이들 모습도 보인다. /사진제공 샘복지재단.

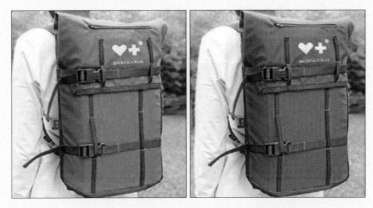

진화를 거듭한 국제기구의 왕진가방. /사진제공 유니세프.

S. No.	Household Doctors and Midwives Multi-sector Package	Packaging
1	Backpack	15
2	Sphygmomanometer,(adult),aneroid	1
3	Stethoscope, binaural, complete	1
4	Stethoscope ,foetal, Pinard	1
5	Thermometer,clinical,digital,32-43ºC	1
6	Tab Amoxicillin 250mg disp.tab/PAC-(10x10)	1
7	Gentamicin inj. 40mg/ml 2ml amp/BOX-50	1
8	Co-trimoxazole for child (Sulf.100mg+Trimet 20mg tabs/pac-100	1
9	ORS low osmolality. 20.5g/1L CAR/100	1
10	Zinc 20mg tablets/PAC-100	3
11	Micronutrient Powder (for child 6-24) sachets/pac-30	10
12	Micronutrient Tab (for PLW tabs/pac-1000	1
13	Vitamin A 200,000IU soft gel. Caps/pac-500	1
14	Mebendazole 500mg tabs/pac-100	1
15	Chlorhexidine gel	2
16	Paracetamol 100mg tabs/PAC-100	1
17	Haemocue/ hemoglobin color scale	2000
18	Test strip, urine, gluc/prot,box-100	1
19	Scissors,Deaver,140mm,str,s/b	2000
20	Scalpel blade,ster,disp,no.11	2000
21	Forceps,dressing,standard,155mm,str	2000
22	Tongue depressor, wooden, disp/BOX-500	1
23	Basin kidney, stainless steel,825ml	2000
24	Bowl, stainless steel,600ml	2000
25	MUAC, Child 11.5 Red/PAC-50	1
26	Clean Delivery kits	2 per set
27	Gloves, exam, latex powder free ,large/BOX-100	1
28	Syringe,disp,2ml,ster/BOX-100	1
29	Soap,toilet,bar,approx.100-110g,wrapped	2
30	Training material (simplified EPI, IMNCI, EmONC)	1
31	Notebook,ruled,wirebound,96 pages/PAC-10	1
32	Pen, ball-point, blue/BOX-10	2
33	Bicycle	2000

왕진가방에 들어가는 물자 리스트. /사진제공 유니세프.

part 05

개성에서

함께
살아보기

2000년 남북 정상회담 6.15 공동선언 이후 남북은 개성공단 건설에 합의하였다. 서울에서 개성까지 60km, 평양에서 개성까지 160km로 서울에서 개성이 더 가깝다. 2004년 12월에 개성공단에서 생산된 첫 제품이 우리에게 선을 보이고부터 개성공단은 남북 경제협력의 모델로 10년 넘게 기계 소리를 멈추지 않았다.

2016년 2월 개성공단이 갑자기 폐쇄되기 전까지 약 125개 기업에 소속된 55,000여 명('15년 말 기준 남한: 820명, 북한: 54,998명)의 남북 근로자들이 개성공단에서 일하고 있었다. 291대의 버스가 매일 개성과 개성 인근 지역에 살고 있는 북한 근로자들을 태워 출퇴근을 시키고 있었다. 나는 북한이 개혁개방되어야 한다고 주장하는 사람들에게 개성공단을 꼭 가보라고 권하고 싶다. 개혁개방은 누가 시켜서 되는 것이 아니고, 북한 스스로 결정할 수 있도록 다양한 기회와 가능성을 보여주는 것이 우선이라고 생각하기 때문이다. 291대의 버스에 탄 사람들 입을 통해 자연스럽게 남한 사람들 사는 얘기들이 개성을 거쳐 북한 전역에 천천히 퍼져나갈 것이다. 그 과정은 매우 더디고 우리가 예상하지 못한 결과를 낳을지 모르지만 모든 변화는 시간을 필요로 한다. 우리는 남북 주민들이 서로의 다름을 인정하고 이해할 수 있는 기회를 자주 만들어야 하는데 가장 자연스러운 장이 개성공단이었다고 생각한다.

사람이 많이 모이면 다치고 아픈 사람이 있기 마련이다. 개성공단 내 기업마다 양호실이 있지만 의료인이 상주하고 있지 않아서 응급상황에 대처하기 어려웠다. 개성공단 초기에는 건설현장 사고가 빈번해 외과적 응급 조치가 필요했다. 근로자들의 연령대도 20~30대가 가장 많고 성별은 여성 근로자가 압도적으로 많았다. 자연스럽게 여성 질환을 치료할 경우가 다수 발생하여 공단 내에 동네의원 수준이라도 의료시설이 필요했다.

남한 근로자는 응급 상황이 발생하면 차로 1시간도 안 되는 일산 대학병원에 도착할 수 있지만, 북한 근로자는 대책이 없었다. 북한 근로자가 남한 병원으로 올 수는 없고, 개성 시내 병원으로 옮겨도 병원 시설이 응급 상황에 대처하기 어려운 처지였기 때문이다.*

이런 상황을 해결하기 위해 2005년 초 그린닥터스라는 민간단체가 공단 내에 의원 규모의 응급진료소를 개설했다. 이 응급진료소는 남한 근로자들이 이용하는 곳이고 북한 근로자는 공단 내 다른 시설을 이용했다. 그러나 북한 시설에는 안정적으로 의약품이 공급되지 않고, 진료장비가 많지 않아 북한이 먼저 장비와 의약품을 공동으로 사용하자는 제안을 해왔다. 북한이 먼저 제안을 한 것은 이례적인 일인데 개성공단이더라도 환자를 진료하고 치료하는 데 물자를 구하기는 어려웠던 것이 아닐까 짐작할 수 있었다.

2007년 초에 북한 의료진이 남한의 응급진료소로 이사를 오면서 남북은 한 지붕 두 가족 생활을 시작했다. 120여 평의 컨테이너 건물 한 귀퉁이 40여 평은 남한 근로자용 진료소, 반대편 40여 평은 북한 근로자용 진료소를 배치하고 가운데 40여 평은 방사선과, 수술실, 검사실 등을 공동으로 사용할 수 있도록 했다. 물론 남한과 북한 환자들이 각자 자기네 진료소만을 이용하도록 출입문도 따로 달았다.

진료소 내부에서는 가운데 공동공간을 통해 남북 간 진료소를 오갈 수 있도록 했는데, 북한 상층부에서는 남북이 서로 오가지 못

※ 개성공단에서 일했던 남한 근로자의 인터뷰는 개성공단 북한 근로자들의 상황을 짐작하게 해준다. "남한 물건들 중에 특히 북한 근로자들이 좋아하는 게 약품이에요. 일회용 밴드나 진통제, 소화제 같은 것이 많이 알려져 있어요. 아이를 키우는 근로자들이 약품을 구해달라며 후시딘이라고 쓰인 쪽지를 건네주기도 했어요." 김진향 기획, 『개성공단 사람들』, 2015.

개성공단 진료소. 2012년 부속의원이 개원하기 전까지 왼쪽이 북한 진료소, 오른쪽이 남한 진료소였다.

북한 진료소 입구.

하도록 내부 통로에 문을 달아야 한다고 주장했다. 나는 남한 사람들과 만남을 통해 북한 의사들과 간호사들의 사상에 문제가 생길 것을 북한 당국이 우려한 결과가 아닌가 추측했다.

시간이 지나면서 이런 경계는 조금씩 풀려서 한 환자를 두고 남북 의사가 공동진료를 하는 경우도 있었고, 남한의 치과 기술이나 결핵검진 방법 등에 대해서는 장비를 함께 쓰면서 자연스럽게 북한으로 기술 이전이 되고 있었다.

나는 2006년부터 2009년까지 여러 차례 개성을 방문하면서 그런 닥터스의 노력과 수고를 지켜보았다. 당시 남한 진료소의 원장님은 가족과 떨어져 개성공단에 상주하면서 진료소 일에 몰두하였다. 북한 진료소 의사들과 합동진료를 할 때도 남한 의료기술이 무조건 최고라고 앞세우기보다는 북한 의사들을 존중하면서 북한의 고려학(한방)의 의학적 성과를 인정하는 자세를 보여주었다.

개성공단 근로자뿐 아니라 개성시 주민을 위해서도 밤낮을 가리지 않고 헌신했던 원장님의 자세는 남북 간의 경계심을 허무는 데 크게 기여하였다고 생각한다.

2005~2006년 즈음 남한에서 개성 지역에 연탄을 많이 지원했는데, 개성 주민 중에 연탄가스 중독으로 위험에 처한 일이 있었다. 원장님은 이른 새벽 응급 상황 지원 요청이 왔을 때도 진료소에 있는 고압 산소치료기를 들고 서둘러 환자 집을 방문했다. 남이나 북이

개성공업지구부속의원 전경.

나, 상대방의 진정성은 말하지 않아도 사람이 살면서 지내보면 느낄 수 있고, 그런 시간이 쌓여 서로를 신뢰하게 되는 것은 똑같은 이치이다.

정부는 2012년부터 개성공단의 남한 근로사도 정부가 제공하는 의료서비스를 받을 수 있도록 인프라를 정비해나갔다. 공단 내에 부속의원을 새로 짓고 일산백병원을 운영기관으로 선정하여 건강보험을 적용하였다. 부속의원은 총 1,487㎡ 공간에 의사, 간호사 포함 10여 명이 상주하는 의료기관이었다. 2년 후에는 의정부성모병원으로 운영기관이 변경되었다. 부속의원은 한 달에 300~400명을 진료하는데 진료 건수만을 놓고 보면 수익이 나는 구조가 아니었다. 그러나 개성공단 운영이 재개되고 남북 간 육로 이동이 빈번해질 경우에는 그 역할이 커질 것이라 생각한다. 다수의 전문가들은 본격적인 남북 보건의료. 협력이 시작되기 전에 개성공단에서 다양한 시범사업을 진행할 필요성을 제기하고 있다. 특히 남북 간 접경 지역인 개성의 특성을 감안하여 감염병 대응체계를 사전에 구축해놓아야 한다는 것은 모든 전문가들의 공통 의견이었다. 나도 개성공단에 여러 차례 출장을 갔는데 출장 목적이 개성공단 내 감염병 발생(말라리아, A형 간염 등)에 따른 실태조사와 후속 조치를 마련하기 위해서였다.

남한 진료소가 부속의원으로 이사를 가면서 북한 진료소만 옛 건물에 남게 되었다. 북한 진료소 공간은 164㎡였다. 그동안 북한 진료소 지원을 담당하던 그린닥터스도 철수하면서 북한 진료소에 대해서는 복지부 출연기관인 한국국제보건의료재단(재단)이 2016년 개성공단이 문을 닫기 전까지 지원했다. 재단은 공급에 가장 어려움을 겪고 있는 의약품과 의료소모품을 꾸준히 지원함과 동시에 고장 난 의료기기를 교체하거나 수리하였다. 응급 상황에 대비하여 자동제세동기를 설치하고 사용법과 심폐소생술 교육도 실시하였다. 여성 근로자가 많은 상황을 고려하여 2015년에는 진료소 내에 모자보건검진실을 준비하고 있던 중에 개성공단이 폐쇄되어 지원이 중단된 상태이다.

2005년부터 남한과 북한 근로자들이 한 지붕 아래에서 치료를 받다가 2012년 서로 헤어지면서 상황이 조금 어색하게 되었다. 아래 표에서 보듯이 남한 근로자보다 북한 근로자는 70배 정도 많은데 진료 공간은 남한이 1,487m^2이니 9배 정도 넓은 규모이다.

구분	2005	2007	2009	2010	2011	2012	2013	2014	2015
북한 근로자	6,013	22,538	42,561	46,284	49,866	53,448	52,329	53,947	54,988
남한 근로자	507	785	935	804	776	786	757	815	820
합계	6,520	23,323	43,496	47,088	50,642	54,234	53,086	54,762	55,808

개성공단 근로자 현황, 통일부.

	2010	2011	2012	2013	2014	2015
남한 근로자	4,115	4,689	4,999	5,216	4,138	4,730
북한 근로자	40,275	36,090	37,065	18,790	40,646	50,409

개성공단 남북한 근로자 신료 현황. 한국국제보건의료재단.

2015년 진료 과목별로 북한 근로자의 진료 현황을 자세히 보면, 산부인과(33.8%), 내과(24.8%), 외과(20.6%), 방사선과(10.5%) 등이고 사고나 응급 상황으로 인한 후송 환자도 424명으로 12% 규모였다.

나는 현재 부속의원과 따로 떨어져 있는 북한 진료소가 부속의원으로 옮겨 북한 근로자들도 남한 근로자들처럼 좋은 의료서비스를 받아야 한다고 생각한다. 응급 상황으로 인한 후송도 무시할 수 없는 건수이므로 이에 대한 대처방안 마련도 필요하다.

여러 어려움과 에피소드를 가지고 있지만 개성공단은 본격적인 남북 간 교류협력사업을 추진하기 전 시범사업을 하기에 좋은 여건을 가지고 있다고 생각한다.

첫째, 남북이 함께 진료를 하면서 분배 투명성에 대한 불신에서 자유로울 수 있다. 평양에 지원 물자가 갈 경우 그 물자들이 진짜 필요한 사람들에게 갔는지를 보기 위한 모니터링으로 방북을 하지만 한계가 분명히 있다. 개성에서는 지원한 의약품이 환자를 치료하는 데 사용되는 것을 바로 확인할 수 있다.

둘째, 남북 근로자에게 발생한 급성 질환이나 안전사고에 즉각 대처할 수 있어 사망을 방지하고 장애나 후유증을 최소화하는 효과를 갖는다.

셋째, 개성공단은 지리적으로 남한과 가깝기 때문에 의약품 등 필요한 물자 전달이나 장비수리, 의료인 방문 등이 용이하다는 이점이 있다.

2016년 2월에 개성공단의 기계 소리는 갑작스레 멈추었다. 2000년 남북 정상회담 이후 여러 차례 위기에도 불구하고 남북 교류협력의 상징으로 공단의 기계는 돌아갔다. 개성공단은 남한의 자본과 기술, 북한의 토지와 인력이 결합하여 남북이 경제적으로 윈윈할 수 있는 가능성을 보여준 모델이기도 했다. 인건비 상승으로 공장을 동남아로 이전하는 것을 고민하던 남한의 중소기업들에게 개성공단은 임대료와 인건비 부담을 덜어주는 장점이 있었을 것으로 생각한다. 북한으로서는 자본이 없어 개발하지 못했던 개성 지역을 개발해서 공장을 유치하고 주민들에게 일자리도 만들어줄 수 있으니 상생의 남북 협력이 아니었을까. 개성공단을 둘러싼 정치적 해석은 너무나 다를 수 있으나 개성공단은 남북이 함께 살아보기를 하기 위한 징검다리와 완충지대로서의 가치가 그 많은 논란을 불식시키고 남을 만큼 크지 않았을까?

2007, 남북 보건당국회담의 기억

2018년 1월 1일, 모든 언론은 북한 김정은 노동당 위원장의 "평창 대표단 파견 용의, 북남 당국이 시급히 만날 수도 있을 것."이라는 신년사를 속보로 올렸다.

이게 무슨 상황이지? 1월 1일 속보 이후 매일 정신을 차릴 사이도 없이 2일 남한의 회담 제안, 3일 북한의 판문점 연락 통로 개통, 5일 북한의 회담 수락이 숨가쁘게 이어졌다. 6일과 7일에는 남북이 회담에 참가할 대표단 명단을 통보하여 9일에 회담이 성사되었다. 지난 9년간 끊어졌던 남북 접촉이 단 9일 만에 일사천리로 추진되는 걸 보면서 나는 지금이 실제 상황인지, 이러다 혹시 삐꺽하는 게 아닐까 가슴이 조마조마했다.

9일 회담 회담이 끝나고 남북은 공동보도문 전문을 발표하였다. 2항에서 "남과 북은 다양한 분야에서 접촉과 왕래, 교류와 협력을 활성화하며……." 3항에서 "쌍방은 남북 관계 개선을 위한 각 분야의 회담들도 개최하기로 하였다."라는 조항이 눈에 띄었다. 당장은 북한의 평창올림픽 참가를 위한 협력에 집중되겠지만, 향후 다양한 분야로 확대할 것을 합의하였다.

나는 신년사부터 공동보도문까지 열흘도 안 되는 기간에 숨가쁘게 진행된 일들을 보면서 2007년 12월 개성에서 있었던 남북 보건당국회담(공식명은 남북 보건의료·환경보호협력분과위원회, 이하 남북 보건회담)을 떠올렸다.

남북 보건회담은 2007년 제2차 남북 정상회담(10. 2~10. 4. 평양)* 이후 총리회담(11. 14~11. 16. 서울)**, 남북경제협력공동위원회(12. 4~12. 6. 서울)***의 후속 조치를 위한 회담이었다. 정상회담에서는 분야별 사업을 자세하게 다룰 수 없으니 협력사업의 제목(보건의료)만 합의하

---

* 남과 북은 농업, 보건의료, 환경보호 등 여러 분야에서의 협력사업을 진행.(10. 4 정상선언 5항)
** 민족경제의 균형적 발전과 공동번영을 위한 경제협력을 추진…그 일환으로…보건의료 등 분야별 협력.(제1차 남북 총리회담 합의서 제3조 4항)
경제협력공동위원회 산하…보건의료분과위원회를 구성.(5항)
*** 남과 북은 병원, 의료 기구, 제약공장 현대화 및 건설, 원료지원, 전염병 통제와 한의학 발전 등 보건의료 협력을 위한 실태조사를 빠른 시일 안에 진행하기로 하고, 약솜공장 건설을 우선적으로 협의 추진.(남북 경제협력공동위원회 제1차 회의 합의서 제6조 1항)
남과 북은 보건의료 협력사업을 추진하기 위하여 '남북 보건의료협력분과위원회' 제1차 회의를 12월 20일부터 21일까지 개성에서 진행.(3항)

고, 이후 총리회담이나 경제협력공동위원회로 내려오면서 보건의료 협력사업의 내용이 조금씩 구체화되었다. 그렇게 회담의 격이 아래로 내려오다가 12월에 남북 보건차관이 한 테이블에 앉아 각 사업의 규모와 시기를 세부적으로 조정하고 합의서를 낸 것이 남북 보건회담이다. 그간 민간단체와 국제기구를 통해서 다수의 보건의료 협력사업이 진행되었으나 남북 보건당국이 상호 보건의료 협력 과제를 협의하기 위해 만난 것은 분단 이후 처음 있는 일로 그 의미가 남다르다고 볼 수 있다.

나는 정상회담부터 총리회담, 경제공동위원회, 남북 보건회담까지 4개의 회담을 준비하면서 1974년 동서독 보건협정을 떠올렸다. 동서독 보건협정 자료를 처음 보았을 때, 나도 언젠가 남북 보건협정이 체결될 때 그 자리에 있으면 얼마나 감격스러울까 상상했다. 그런데 내가 그 현장에 있을 수 있다니 실감이 나지 않았다.

남북 보건회담을 위해 이른 새벽 개성으로 출발했다. 회담 장소는 개성공단을 거쳐 개성 시내에 있는 자남산여관이었다. 개성 시내에 있는 개성 남대문을 거쳐 자남산여관에 도착했다. 회담 전 북한 보건성 부상(차관)은 개성 시내는 평양같이 큰 건물은 없었지만, 고려의 도읍지답게 왕건왕릉과 공민왕릉, 만월대 등 여러 유적들이 있다고 소개했다. 회담 일정이 빠듯해 회담 첫날 점심 식사 후, 자남산여관 옆에 있는 선죽교만 잠깐 볼 수 있었다.

합의서 서명 후의 보건복지부 차관(왼쪽)과 보건성 부상(오른쪽).

북한과의 합의 과정은 매우 지루하고 인내를 필요로 한다는 것을 민간단체에 있을 때 이미 경험했지만 당국 간 회담에서도 마찬가지였다. 보통 남한과 북한이 각자 요구 사항을 하나씩 제시하고 서로 그 이유를 반복적으로 설명하면서 상대를 설득한다. 북한은 물자 지원이나 대규모 병원 건립 등을 요구하지만, 남한은 북한의 전기 사정이나 북한의 보건의료 우선순위 등을 고려하여 처음부터 큰 규모의 병원이나 공장부터 짓는 것을 지양한다. 대신 남북 간 교류에 대비한 감염병 공동 대응의 필요성을 설명하거나 필수의약품 부족으로 기본 치료가 어려운 현실을 우선 고려하여 원료의약품 지원과 제약기술 이전 등 인적교류를 수반하는 사업들을 북한에 제안한다.

당시 회담에서 남북 간에 지루한 신경전을 했던 사업은 민간단체에서 추진하고 있었던 심장전문병원 건이었다. 북한에서 이 심장병원의 지원을 강하게 요청한 이유가 2차 정상회담에서 김정일 위원장이 "우리가 심장병 연구가 약하다."고 언급하였기 때문이라는 추측도 있었다.

민간에서 2010년 완공을 목표로 2007년 말에 착공했던 사업으로 병원 건물은 지었는데 의료장비에 대한 지원은 정부가 맡아달라는 것이었다. 민간에서 주도적으로 진행하고 있는 사업을 정부가 민간과 협의도 없이 맡겠다고 할 수는 없는 것이었다. 남북 간 의견 차이로 회담이 몇 차례 정회되었다.

회담에 참석한 북한의 민화협 참사는 민간이 하던 사업을 정부가 맡을 수 없다는 설명을 이해하지 못하는 것 같았다. "당이 결심하면 따라야지 무슨 말이 그렇게 많고, 무엇이 문제가 되냐?"는 북한의 이의 제기는 민간단체의 자율성과 독립성을 접할 기회가 없는 북한 사회의 특수한 구조를 보여주는 대목이다.

이 심장전문병원은 남한과 북한의 협력사업에 대한 관점의 차이를 보여주기도 한다. 남한의 경우 일부 계층이나 특정 질환에 대한 지원보다는 북한 주민들이 자주 이용하는 의료기관에서 기본진료가 가능하도록 필수 장비(혈액·간기능검사, 심전도기, 초음파기 등)를 지원하는 데 중점을 두고 있다. 이에 반해 북한은 북한의 3대 질환(심장혈관 질환, 물질대사 질환, 암성 질환) 진단치료에 필요한 MRI나 CT를 지원의 우선순위로 생각하고 있어 남북이 합의점을 찾아가기가 매우 힘들었다.

1박 2일간 회담의 결과로 아래 5가지에 대해 합의를 이루었다.

1. 남과 북은 2008년에 황해북도 도병원(사리원인민병원) 현대화를 시범적으로 진행하고 현대화에 따른 병원 운영을 위한 전문가 교류를 진행하기로 하였다.

2. 남과 북은 2008년 상반기 중 약솜공장 건립을 착수하고, 규모와 운영 방안 등은 현장방문 시 협의하기로 하였다.

3. 남과 북은 전염병 통제를 위한 백신, 치료제 등을 제공하며 전염병 퇴치를 위해 남북 간 공동 노력 및 실태조사 자료를 교환하기로 하였다.

4. 남과 북은 북한 제약공장들이 운영될 수 있도록 원료의약품을 제공하며, 설비 현대화 관련한 문제는 계속 협의하기로 하였다.

5. 남과 북은 사리원인민병원 현대화와 약솜공장 건설 관련 실태조사를 2008년 1월 중 실시하며, 제2차 회의를 2008년 상반기 중 개성 경제협력협의사무소에서 진행하기로 하였다.

이 5가지 합의 사항 가운데 2008년 2월 사리원과 평양으로 가서 진행한 실태조사 이후 모든 것이 중단되었다. 당시 실태조사에 참여한 전문가는 북한의 보건의료체계가 예방접종사업 수행 측면에서 보면 남한보다 효율적이라고 지적하였다. 보건성의 지휘 아래 일사분란하게 움직이는 북한의 보건의료체계를 활용한다면 북한 어린이들의 전염병 예방 효과는 단기간에 가능할 것으로 보인다는 것이다. 실태조사까지는 마쳤으나, 2008년 상반기에 진행하기로 한 제2차 회의는 10년이 지난 2018년에는 열릴 수 있을까?

사리원인민병원에서
헝가리 의사를 만나다

아주 우연히 사리원인민병원에 대한 얘기를 헝가리에서 유학하고 오신 교수님을 통해 들었다.[*] 헝가리문서보관소에서 사리원인민병원 자료와 사진들을 가져왔는데 보여주겠다는 것이다. 나는 그동안 '사리원'이라는 얘기만 들어도 2007년 남북 보건회담에서 합의한 '사리원인민병원 현대화'의 숙제를 남겨둔 것처럼 마음의 짐이 있었던 터라 모두 보고 싶다고 했다. 그 교수님은 자료를 찾다보니 북한의 주요 도병원을 동유럽 국가들이 건립해주었다는 사실도 알게 되었다고 했다. 예를 들면 평양병원은 소련, 함경남도(흥남)병

---

[*] 김보국 교수는 헝가리문서보관소 자료를 바탕으로 한국전쟁, 북한 문학, 북한 예술 관련한 책을 다수 저술했다.

원은 폴란드, 평안남도(남포)병원은 루마니아, 평안북도(신의주)병원은 불가리아, 함경북도(청진)병원은 체코슬로바키아, 황해북도(사리원)병원은 헝가리가 맡았다는 것이다. 이 병원들은 한국전쟁 중에는 야전병원으로 쓰였다고 한다. 헝가리의 경우 병원을 지은 후 헝가리 의사가 사리원에 와서 북한 의사들에게 기술 이전을 한 사진도 있었다. 이 의사들이 본국으로 돌아갈 때 감사의 편지는 70년 가까이 지난 지금 봐도 가슴에 콕콕 박힌다. 북한 의사들이 헝가리에 연수를 가서 헝가리 환자들을 보는 사진도 새로웠다.

그런데 같은 시기 남한에서도 비슷한 일들이 있었다면 우연일까?

현재 을지로6가에 위치한 국립중앙의료원(설립 당시에는 중앙의료원)의 올해 나이는 60살이다. 한국전쟁 당시 스웨덴은 부산에 군 야전병원을, 덴마크는 부산항과 인천항에 적십자병원선을, 노르웨이는 이동외과병원을 미1군단 예하부대에 파견했다. 특히 덴마크의 병원선인 유트란디아는 365병상에 4개 병실과 수술실, 엑스선 촬영실, 치과 진료실까지 갖춘 최첨단 병원선이었다. 이들 스칸디나비아 3국이 치료한 전쟁 부상자들은 3년간 210만 명에 달했다. 1953년 휴전이 되어 덴마크와 노르웨이는 귀국을 했고, 1957년에 스웨덴이 고국으로 돌아가려 하자 우리 정부는 의료지원을 계속 요청했다. 3국은 1958년에 연간 150만 달러의 운영비를 분담하며 중앙의료원을 설립하는 데 합의했다. 이들 3국으로부터 최첨단 의료장비를 지원받은

1957년 6월 20일 사리원병원을 배경으로 헝가리로 귀국하는 의사들이 사진을 찍었다.
자료: 헝가리 국영통신.*

헝가리 의사들이 북한 환자들을 돌보며 북한 의료 인력들에게 기술 이전 중.

---

* 이 사진의 설명은 다음과 같다. "조선 헝가리병원의 의사들과 근무자들이 귀국합니다. 몇 년 동안
조선에서 운영된 '헝가리병원'을 조선인 동료들에게 넘겨주고 헝가리 의사들과 근무자들이 고국으
로 돌아옵니다. 헝가리병원은 평양에서 자동차로 2시간 거리에 있는 사리원에 있었습니다. 사리원
은 전쟁 전에 상당한 산업 도시였는데, 폭격과 흙으로 폐허가 되었습니다. 돌무더기가 있던 곳에 오
늘날에는 새 집들과 공장들이 우후죽순 건설되고 있습니다. 헝가리병원은 1950년 7월에 개설되었
지만 5번이나 이동하다가 1955년 이곳에 6번이자 마지막으로 자리 잡았습니다. 휴전협정체결 이후
병원에서는 정기적으로 의사교육과 간호 인력 양성이 있었습니다. 1956년 한 해에는 5,524명을 치
료했습니다. 사망률은 4.7%였습니다. 한 해 동안 3,783회의 수술이 이루어졌습니다. 1956년의 응
급실 방문 인원은 175,387명이었습니다."

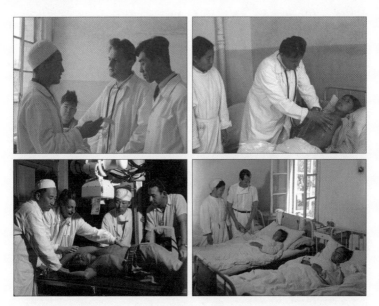

헝가리 의사들이 북한 환자들을 돌보며 북한 의료 인력들에게 기술 이전 중.

헝가리에 연수 간 북한 의사가 헝가리 어린이를 돌보고 있다.

전쟁 중 부상을 치료해준 헝가리 의사들에게 보낸 감사의 편지. "일만 사천 여리나 되는 머나 먼 동구라파에서 우리의 전상자들을 위하여 래조하여 온 당신들의 선진적 의학기술로 말미암아 오늘에 와서는 다시 전선에 동원하여……."

2008년 2월에 방문한 황해북도인민병원(사리원인민병원) 전경.

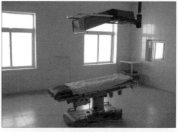

사리원인민병원 마취수술과 입구와 내부 사진. 소생과의사실이 남한에서는 무슨 과일까?

중앙의료원은 당시 최고의 시설을 자랑하는 병원으로 의과대학생들이 가장 가고 싶은 수련병원으로 꼽힐 정도였다.

시간이 지나면서 지금은 의료원의 시설이 낙후되었다는 평가를 받고 있지만 여전히 공공의료기관으로서의 역할을 충실히 하고 있다는 평을 받고 있다. 2015년 메르스 발생 시 '국가감염병 중심병원'으로의 헌신적인 역할, 지진·태풍 등 해외 재난 발생 시 긴급의료팀 파견, 사할린 잔류1세대 동포 초청 건강검진 등의 활동들은 영리를 추구하는 일반 병원에서는 선뜻 하기 어려운 일들이다.

김보국 교수로부터 사리원인민병원과 헝가리의 인연을 듣지 못했다면 2008년 2월에 실태조사를 목적으로 방문했을 때 찍은 병원 사진에 큰 느낌을 갖지 못했을 것 같다. 1950년 7월에 개원한 사리원인민병원에서 북-헝가리 협력을 통해 많은 전쟁 부상자를 치료했다면 68년이 지난 이제부터는 남-북간 협력으로 생명 살리기가 계속되기를 희망한다.

신종플루,
같은 민족끼리

평창올림픽에 북한 선수단이 참여하고, 매일 새로운 뉴스로 북한에 대한 관심이 높아진 2018년 1월 29일 아침에 또 다른 북한 뉴스가 나의 관심을 끌었다.

"북한에서 신종 독감이 발생해 4명이 사망했고, 현재까지 신종 독감에 감염된 사람은 총 8만 2000여 명으로 집계됐으며, 확산 우려로 유엔에 지원을 요청한 상태입니다."*

같은 날 또 다른 기사는 미국 전역도 독감이 기승을 부려 2009년 유행했던 신종플루 이후 최악의 상황이라는 내용이었다. 1월 22일

---

* 미국의 소리, 2018. 1. 29.

자 신문에서는 일본도 171만 명이 독감에 감염돼 무서운 속도로 확산된다는 기사가 게재되었다. 우리나라도 2017년 12월부터 독감이 기승을 부린다는 기사가 한 달 정도 계속되었다.

북한 독감 기사를 보는 순간, 9년 전 50만 명분의 신종플루 치료제를 트럭에 실고 개성으로 향했던 겨울 새벽의 추웠던 기억이 떠올랐다.

2009년 12월 9일, 북한은 신의주와 평양에서 신종플루 확진 환자 9명이 발생했다는 사실을 관영 매체인 조선중앙통신을 통해 공식적으로 밝혔다. 북한의 공식 발표 한 달 전부터 일부 민간단체들은 북한의 신종플루가 심각한 상황임을 알렸다. 신의주에서만 신종플루로 40명이 숨졌으며, 평양과 사리원에서는 10명이 목숨을 잃었다는 소식을 전했다. 그러나 북한은 수차례에 걸쳐 감염 환자가 없음을 강조하다가 12월 9일에 환자 발생을 공식 확인했다.

북한의 공식 확인 하루 전인 12월 8일, 이명박 대통령은 "인도적인 차원에서 조건 없이 치료제를 지원하되 급속히 확산될 우려가 있는 만큼 긴급지원으로 추진"할 것을 지시했다. 이에 화답하듯 북한은 12월 11일에 남한에서 제시한 치료제를 받겠다고 발표했다.

북한이 치료제를 받겠다고 하면서부터 본격적으로 치료제 확보에 나섰다. 총 50만 명 분량 치료제 부피는 11톤 트럭 8대 정도이고,

이동 중에도 1~30도를 유지해야 하는 냉장 차량을 찾아야 했다. 남한에서 그런 트럭을 구하는 것은 크게 어렵지 않은 일이나, 북한에서 이런 콜드체인시스템을 갖춘 트럭을 가지고 와서 치료제를 인수해갈 수 있는지 사전 확인이 필요했다. 당시 북한 백신 지원을 전담하고 있던 유니세프 북한사무소 관계자가 서울을 방문했을 때, 유니세프가 해결해야 할 시급한 과제는 북한에 백신을 보관할 콜드체인시스템을 완비하는 것이라고 했기 때문이다. 다행히 북한은 인수 장소인 개성에 콜드체인 트럭을 가지고 오겠다는 답변을 했는데 가지고 온 트럭에는 유니세프 로고가 새겨져 있었다. 유니세프의 설명을 들을 당시 백신 보관에 콜드체인이 정말 중요하니까 우리 정부가 이것만은 지원했으면 좋겠다는 생각을 했었는데 유니세프가 외부 후원을 받아 트럭을 마련한 것 같았다.

북한에서 치료제를 받겠다고 한 11일에서 일주일이 지난 18일에 나를 포함한 대표단은 치료제를 싣고 새벽 찬바람을 맞으며 개성으로 출발했다.

남한은 질병관리본부 전염병관리과장이, 북한은 보건성 약무국장이 대표로 나왔다. 남북 보건당국 실무자가 특정 전염병을 가지고 개성에서 마주 앉은 것은 이번이 처음인 것으로 알고 있다.

북한 약무국장이 궁금해한 것은 남한의 신종플루 대처 경험과 치료제의 부작용이었다. 특히 우리가 어떻게 대응했는지를 수차례 물어보았고, 치료제인 타미플루 부작용 사례에 대한 정보도 많이 궁금해했다.

남한: 우리는 신종플루 확진 환자가 60만 명, 타미플루 처방은 300만 명 정도였고, 하루 최대 15만 명까지 처방이 나간 적이 있습니다. 우리의 경험을 보면, 초기 대응이 매우 중요한데 북측(북한과 만났을 때는 상호 호칭이 '남측', '북측'으로 한다)도 전염을 조기에 차단하기 위해서는 타미플루를 융단폭격하듯이 대량 투약하는 것이 도움이 되리라 생각합니다.

북한: 신종플루와 감기의 증세가 비슷해서 구분하기가 어려워 신종플루 관련한 남측의 경험을 많이 듣고 싶습네다. 최근 전국에 걸쳐 간이 키트로 전수조사를 했는데 감기를 포함해 각 도에서 600명에서 900명의 사례를 조사했고 모두 타미플루를 사용했습네다. 확진 환자 9명은 보건기구(WHO)에서 지원한 진단장비(PCR)를 사용해서 찾아냈습네다. 초전에 확산을 막자는 방침 아래 군·리까지 선전작업을 쎄게 했습네다. 보통 방학이 12월 말인데 12월 초로 당겨 자택공부를 하게 했습네다. 정확하게 투약하고 내성을 방지하기 위해 약을 환자에게 직접 주지 않고 호담당의사들이 아침, 저녁으로 집을 방문하여 약 먹는 것을 직접 확인하고 있습네다.

북한: 일본에서 발생한 타미플루 부작용(청소년기 정신착란)을 감안하여 우린 10세 미만에서는 타미플루 처방을 하지 않고 있습네다.

우리가 이 약을 쓴 적이 얼마 되지 않아 남측의 경험을 많이 듣고 싶습네다.

남한: 우리는 1세 미만에도 용량을 조절해서 쓰고 있습니다. 얼마 전 한중일 보건장관회의에서도 타미플루 부작용 관련한 일본의 의견을 들었는데 부작용 발생건수가 많지 않다고 했습니다.

북한: 일본이나 중국의 예가 무슨 소용이 있겠나, 부작용이 큰 문제가 되지 않는다고 하면 같은 민족끼리 경우가 더 중요하므로 이후 지침에 참고를 하겠습네다. 이번에 전달받은 치료제는 중앙에서 시·도 분배선을 통해 전국으로 분배할 계획을 가지고 있습네다.

남한: 신종플루 관련하여 추가로 정보가 필요하면 언제라도 당국 간 정보교환이 가능했으면 좋겠습니다. 신종플루뿐 아니라 전염병에 대한 남북 간 수시 정보교환을 통해 상호 전염병 실태와 감시 체계 등 공동 대응 방안을 사전에 구축할 수 있을 것입니다. 그 결과 남북 간 전염병 확산을 막고 전염병 치료에 국가역량을 효과적으로 집중할 수 있을 것으로 봅니다.

우리가 제안한 남북 간 전염병 정보교환이나 공동 대응에 대해서는 현장에서 바로 북한의 호응을 끌어낼 수는 없었다. 우리의 제안이 현장에 나온 실무자 선에서 대답할 수 있는 사안이 아니기 때문인 것으로 이해되나, 우리의 의견이 평양까지 전달되었을 것으로 생

치료제 사용 및 부작용 설명 후 자남산여관 앞 기념 촬영.

각한다. 헤어질 때 북한은 우리가 준비한 「신종인플루엔자 예방 및 관리지침(6판)」과 「타미플루 부작용 사례」 자료가 좋은 참고가 되겠다며 사의를 표했다.

2009년 말 신종플루를 매개로 하루하루 급변하는 치료제 지원 결정 과정을 지켜보면서 남북 관계는 지도자의 철학이 정말 중요함을 체험했다.

2008년 7월 금강산 관광객의 사망으로 1998년부터 10년간 지속되던 금강산 관광이 중단되면서 남북 관계는 다시 얼어붙었다. 당시 북한은 남한의 금강산 관광객 사망 원인을 조사할 합동조사단 방북을 받아들이지 않아 국민 정서가 악화된 상태였다. 이런 상황에 북한에 신종플루 치료제를 지원하겠다는 대통령의 지시는 뜻밖이었다. 2010년 2월 신종플루 예방을 위한 손 소독제의 북한 지원을 마지막으로 이명박 정부에서 박근혜 정부까지 당국 간 지원은 진행된 것이 없었다. 2010년 3월 26일 천안함 사건으로 남북 관계는 빙하기를 맞았기 때문이다.

2009년 12월 9일 북한에서 신종플루 환자 발생을 발표하고, 열흘도 안 된 12월 18일에 50만 명 분 치료제를 지원하고, 그 다음해 2월에 손 소독제를 지원하면서 이런 지원이 남북 관계 개선에 긍정적인 영향을 미칠지 주목된다던 언론은 돌변했다.

하루 앞을 내다볼 수 없다는 게 이런 거구나, 동서독 통합 과정을 겪은 독일 사람들은 한결같이 어느 날 갑자기 통일이 '훅' 들어왔다고 하던데 이런 건가? 라는 생각을 했던 기억이 새롭다. 갑자기 '훅'인 어느 날, 우리는 어떻게 그 날을 맞을 것인지 기대와 희망보다는 걱정이 더 컸었다. 남북 관계가 정치적 이해관계에 따라 좌우를 극단적으로 오가는 상황은 우리가 극복해야 할 과제임은 분명하다.

part 06

가는 길 험난해도 웃으며 가자

댓돌 위
고무신

    2005년부터 정부는 북한 어린이와 임산부의 질병 치료와 건강 개선을 목적으로 하는 '북한 영유아 지원사업(영유아 지원사업)'을 준비하고 있었다.

  2005년 1월 대통령 직속 기구인 '고령화 및 미래사회위원회'에서는 북한 식량난이 장기화되면서 북한 어린이의 신체적, 정신적 결함이 심각한 수준이어서 지원이 시급하다는 보고를 대통령께 올렸다. 키와 몸무게가 남한 어린이보다 크게 차이가 날 뿐 아니라 영아사망률이 15배 이상 차이가 나고, 2세 이전의 장기간 영양부족은 성인이 돼서도 회복이 어려운 지능 저하 후유증을 남긴다는 내용이었다. 이런 상황은 어린이 생존권 확보라는 인권의 문제이므로 핵 문제 등 정치와 분리하고, 통일에 대비하여 영구 장애를 사전 예방한다는 차원에서도 지원이 필요하다는 것이 요지였다. 이런 상태를 방치하는 것은 인도주의 정신에도 맞지 않을 뿐 아니라 통일을 지향하는 헌법정신에도 위배된다는 자성의 목소리가 커지며 공감을 얻던 때였다. 전문가들은 당시 저출산·고령화 경향과 관련하여 장기적으로 통일 한반도의 발전전략과 인구정책 차원에서 남북한 인적자원을 관리해야 할 필요성도 강하게 제기했다.

한 나라의 보건의료 수준을 보여주는 대표적 지표가 영아사망률이나 모성사망률인데 당시 남·북한의 영아사망률(1세 미만 아이 1,000명 가운데 1년 안에 사망하는 아이의 수)은 남한이 3명일 때 북한은 46명이었다. 모성사망률(산모 10만 명당 아이를 낳다 사망하는 산모의 수)은 남한이 12명일 때 북한은 90명이었다. 2001년 미국 민간단체에서 충격적으로 접한 북한 아이들의 깡마른 몸과 퀭한 눈망울 사진은 바로 이런 상황의 적나라한 반영이었던 것이다.

주요 내용은 영양개선(분유 및 급식 지원), 질병관리(백신 및 기초의약품 지원), 건강관리(건강검진장비 및 모자건강센터 지원) 등 3가지 사업으로 구성되었다. 사업 추진은 남한 민간단체와 국제기구(WHO, 유니세프)에 위탁하는 방식을 택했다.

사업 규모나 내용을 보면 남북 보건당국 간 사전 협의를 통해 남북이 공동으로 사업추진단을 구성하여 전문적이고 체계적으로 관리를 하는 것이 정석이지만 당시 남북 보건부 간 채널이 없던 상황에서는 이런 방식이 최선이었다고 생각한다.

2006년 3월부터 나는 복지부에서 북한 업무를 담당했다. 복지부에 출근하고 며칠 지나지 않아 나는 전임자로부터 영유아 지원사업에 대한 설명을 들었다. 설명을 듣는 동안 '그래 바로 이거야, 역시 정부는 민간단체와는 스케일이 다르게 일을 하는구나.'라는 생각에 무릎을 쳤다.

영유아 지원사업을 위해 복지부와 통일부 양 부처가 협력하면서 전문가들로부터 필요한 사업 자문을 받을 수 있도록 실무추진체계를 꾸렸다. 복지부는 세부계획을 수립하고 국제기구와 협의하고, 통일부는 기금을 확보하고 북한과 협의 채널을 확보하는 것으로 각자의 역할을 규정했다. 내가 정부가 추진하는 사업이라 스케일이 다르다고 느낀 이유는 체계적으로 사업을 추진할 수 있도록 근거가 되는 법과 예산이 뒷받침되기 때문이었다. 또한 민간단체에서는 접근하기 어려웠던 관련 전문가들의 자문을 어렵지 않게 구할 수 있는 장점도 있다.

내가 영유아 지원사업에 특별한 관심을 가지고 큰 기대감을 가졌던 이유는 두 가지 때문이었다.

첫째, 이 사업은 처음 시작할 때부터 5년(2006~2010년)이라는 장기

계획을 가지고 시도되는 첫 번째 프로젝트이다. 보통 정부가 민간단체에 예산 지원을 해서 진행하는 사업들은 1년을 단위로 계획하기 때문에 늘 일정에 쫓기곤 했다. 사업이 성과를 거두기 위해서는 남북 간 사전협의가 필수적인데 시간에 쫓겨 충분히 검토되지 않은 사업을 진행해야 했던 한계가 문제점으로 지적되었다. 그러나 이 사업은 처음부터 5년 계획으로 시작하기 때문에 충분히 시간을 가지고 사전협의를 거친 후 사업을 진행할 수 있다는 장점이 있다고 생각했다(그러나 그 사이 핵실험과 천안함 사건으로 사업은 지연되어 2015년에 마무리되었다).

둘째 영유아 지원사업은 보건의료 지원의 '종합선물 세트'라고 할 만큼 어린이와 임산부 건강을 개선하는 데 필수적인 여러 사업들이 함께 녹아들어가 시너지효과가 이미 증명된 사업이다.

당시 국제사회는 경제적으로 어려운 나라들의 아동과 모성 사망률을 줄이기 위해 전 지구적 노력을 집결하고 있었다. 이를 MDGs(Millenium Development Goals, 새 천년개발 목표)라고 하는데 2000년에 모든 나라가 UN에 모여 2015년까지 1990년 기준 5세 이하 아동 사망률을 2/3, 모성사망률을 3/4 감소시킨다는 목표를 달성하겠다고 결의한 것이다.

영아사망률을 줄이려면 병원 시설만 좋아서도 안 되고, 이 시설을 잘 운용하도록 의료 인력에게 새로운 지식과 기술을 제공하지 않으면 안 되고, 백신과 치료약만으로도 안 되고, 먹을 것만 많이 있다고 되는 것이 아니다. 이 모든 것들이 한꺼번에 지원되어야 서로 상승 작용을 하면서 사망률을 줄이는 데 시간을 절약하고 그 효과를 최대화할 수 있는 것이다. 나는 이 모든 것을 담고 있는 것이 영유아 지원사업이기 때문에 개인적으로 이 사업을 종합선물 세트라고 불렀다.

2007년 반기문 UN 사무총장이 취임하면서 MDGs 달성을 위한 국제사회의 노력은 더 자극을 받았다. 반기문 총장은 한국이 어려운 시기에 국제사회의 지원을 받으면서 영유아 지원사업을 성공시킨 모범국가라고 증언을 하면서 MDGs 달성을 촉구했다. 반기문 총장은 "우리 어머니가 나를 낳으러 방으로 들어가시기 전에 댓돌 위에 놓인 고무신을 보면서 내가 저 고무신을 신을 수 있을까라고 하셨대요. 그만큼 한국도 아이를 낳다가 죽는 산모가 많았는데 여러 나라에서 도와준 덕에 이제는 그런 얘기는 옛날 어르신들의 추억이 되었어요. 한국의 기적이 지구 곳곳 많은 나라에서 다시 일어날 수 있도록 도와주십시오."

북한 어린이와
산모를 위해

2006년 5월, 나는 이 사업의 착수회의를 위해 WHO 본부가 있는 스위스 제네바로 출장을 갔다. 이 착수회의를 시작으로 2010년 2월 중간 점검회의까지 모두 다섯 차례 자리를 함께했다. 회의 장소는 스위스 제네바, 중국 북경, 인도 델리 등 보건성 관계자들이 나오기 편한 곳으로 했다.

2006년 첫 착수회의는 남·북한 정부 관계자와 WHO 3자가 모여 사업을 시작하기 전에 사업에 대한 이해를 높이고 일정이나 서로의 요구 사항을 추가로 협의하는 자리였다. 나는 민간단체에 있으면서 북한 사람들을 여러 차례 만났지만 보건성과의 만남은 처음이라 회의 전날부터 무슨 말로 인사를 할지, 질문은 어떻게 해야 할지 고민을 많이 했다. 회의에 참석한 북한 보건성 관계자들은 나보다 더 긴장된 얼굴로 웃지도 않고 가벼운 농담에도 당황해했다.

첫 날, 사업을 시작하려면 북한 어린이 건강 상태나 병원 시설 상황에 대한 상호 이해가 필요하지만 첫 만남에서부터 그런 이야기를 하는 것이 어려웠기 때문에 서로 인사만 나누었다. 그러나 둘째 날 회의부터는 보건성 관계자들은 물자 지원이 왜 필요한지 북한의 사례를 들어가며 적극적으로 설명하기 시작했다. 예를 들면 구급차의 부족으로 응급 상황에 있는 산모를 큰 병원으로 이송하는 것이 어려우니 구급차가 절실하다는 보건성의 설명은 북한 모성사망률이 높은 이유가 적절한 이송 시기를 놓치기 때문이라는 자료들과 일치되는 부분이었다. 보건성이 이 사업에 많은 공을 기울이고 있음을 느낄 수 있었다.

보건성은 지원에만 의존하지 않고 북한 스스로도 노력을 하고 있다는 설명도 덧붙였다. 지원한 의료장비가 고장 날 경우를 대비하여 기술기동대(mobile technical team)를 새로 구성하고, 병원에 전기를 안정적으로 공급하기 위하여 디젤발전기를 고민하고, 병원 개보수에 필요한 물자를 자체 확보하려고 노력한다는 보건성의 설명은 신선하면서 감동적이었다. 나는 이 대목이 아주 중요하다고 생각했는데 초기에는 외부 지원을 받지만 지원이 기한 없이 계속되는 것이 아니기 때문에 북한 스스로 지속해나갈 방안을 찾아나가는 것이 근본적인 해결이기 때문이다.

사업의 주요 내용은 크게 네 가지이다.

첫째, 북한 군병원의 분만실과 수술실을 매년 30곳씩 리모델링하고, 군병원에서 치료가 어려운 산모를 도병원으로 이송하기 위한 구급차를 함께 지원해서 어린이와 산모 사망을 줄이기 위한 조치를 하는 것이다. 매년 30곳씩 5년간 150곳 군병원의 리모델링을 완료하는 것을 목표로 하고 있다.

둘째, 질병 치료에 필요한 필수의약품과 소모품 등을 군병원과 리진료소에 공급하는 것이다.

셋째, 북한 의사와 간호사들의 재교육을 위한 지침서를 개발하고 교육을 시행하는 것이다. 지침서는 '군병원에서의 외과적 치료', '임신·출산 후 신생아 관리 지도서', '어린이질병종합관리' 등 기초적인 내용이었다.

넷째, 사업 평가를 위해 현지 병원을 방문하고 평가회의를 정기적으로 갖는 것이다. 우리가 사업을 직접 하는 것이 아니고 WHO에 위탁하여 진행하는 형식이라 정기적으로 현장을 방문하고 사업성과를 감시하는 평가회의는 매우 중요하다.

5년 만인 2015년에 다시 북한 업무로 복귀했는데 5년 사이에 새로 진행된 사업들은 크게 없었다. 지난 자료들을 챙겨보면서 '영유아 지원사업'을 정리해야겠다는 숙제를 스스로에게 부여했다. 누군가는 이 사업의 취지를 기억해야 하고, 수차례 얼굴을 마주했던 남·북·WHO 3자 회의에서 나누었던 이야기를 기록해야 하고, WHO가 우리에게 전달해준 수많은 자료들을 정리해야 하지 않을까?

나는 영유아 지원사업을 3가지 관점에서 복기할 필요성이 있다고 생각했다.

첫째, 이 사업은 북한 보건의료 실태를 이해하는 데 보물 창고 같은 역할을 하고 있다.

한 해에 600개 리진료소와 30개 군병원, 도병원 시설을 5년간 단계적으로 리모델링한다는 계획에 따라 5년간 3,000~4,000개 리진료소와 150~200개 군병원 등을 방문한 보고서는 자료 부족으로 연구가 어렵다는 북한 연구에서는 북한 버전 빅데이터가 아닐까 생각한다.

나는 WHO로부터 최대한 자료들을 받기 위해 여러 가지 이해를 구하는 설명을 했다. "영유아 지원사업은 남한 민간단체와 국제기구에 위탁하는 2가지 경로로 추진될 것이다. 민간단체를 통한 영유아 지원사업은 기존 민간단체들이 진행했던 개별 사업들과 달리 정부와 민간단체가 함께 기획하고 진행하는 방식인데 먼저 같은 사업을 시작한 국제기구의 경험과 활동 보고서들은 우리에게 많은 시사점

평안남도 회창군병원. WHO.

을 줄 것이다. WHO가 개발한 지침서들을 남한 민간단체도 공유함으로써 민간단체의 지원이 국제기구의 기준에 부합될 수 있는 계기가 될 것이다. WHO 발표 자료만으로는 사업을 하면서 어려웠던 점이나 현장 병원 관계자들의 목소리를 간접적으로라도 알기 어려우니 현장 방문 보고서를 보고 싶다."

나의 이런 설명을 WHO도 보건성도 완전히 이해한 것 같지는 않았으나 「Field Visit Report」와 「교육훈련 성과 보고서」를 남한에 제공하는 것에 합의했다. 특히 보건성은 남한 관계자들과 대면회의도 처음인 데다 남한 민간단체가 그동안 많은 지원을 한 것도 몰랐던 상황이라 혼란스러워하는 것 같았다.

그러나 대면회의가 거듭될수록 보건성의 태도가 점점 유연해지고 있음을 느꼈다. 2010년 2월 내가 마지막으로 참석한 다섯 번째 회의에서 보건성 실무자는 국제기구를 통한 방식보다는 '북남 간 쌍무적 협력'이 보다 효율적일 것 같다는 얘기를 했다. 왜 안 그렇겠는가? 국제회의에 가면 누구나 영어 스트레스 때문에 회의 내용을 100% 소화하지 못한 경험이 있을 것이다. 60년 넘게 남북이 따로 살면서 이질화된 언어로 얘기해도 어려운 차에 영어로 회의를 하니 서로 답답함을 충분히 이해했다. 더구나 의학용어는 북한은 러시아 용어가, 남한은 영어가 일반적이다 보니 회의를 하다 서로 웃을 때도 많았다. 어떤 때는 남·북·영어가 혼용되는 회의가 되기도 하고,

정상 분만 시연 1.

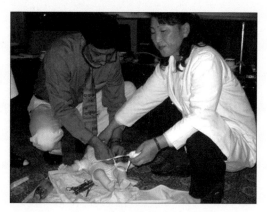

정상 분만 시연 2.

어떤 때는 남북 간 마음이 바빠 '우리말'로 얘기를 하면 WHO 관계자는 영어로 얘기하라며 소리를 지른다.

자료 하나하나에 많은 에피소드가 있지만 이렇게 얻은 많은 정보들이 다시 전문가들에게도 공유되어 활용되었으면 하는 바람이 크다.

둘째, 이 사업은 북한 보건의료 지원의 나침반 역할을 하고 있다.

WHO의 사업 파트너는 보건성이지만, 민간단체들은 대남기관인 민화협을 파트너로 협력사업을 하고 있다. 파트너 관계가 남북 간 특수성을 반영한 것으로 보건의료 지원사업을 진행할 때 실무적인 어려움이 되기도 하지만 남북 관계가 진전되면서 풀어나가야 할 과제 중 하나라고 생각한다.

2006~2007년 민간단체를 통한 영유아 지원사업에 대한 논의가 한창일 때, 정부도 민간단체도 이 사업의 세부 계획에 대한 합의점을 찾기 어려웠다. 앞에서 영유아 지원사업의 주요 내용이 영양개선, 질병관리, 건강관리 등 3가지 내용으로 구성되었다고 설명했다. 평양에 상주하고 있는 국제기구인 WHO와 유니세프는 이 3가지 사업을 각 기관의 고유 사업 목적에 따라 포트폴리오하고 있다. 예를 들면 영양개선과 질병관리 사업은 유니세프가, 건강관리 사업은 WHO가 담당하되 모든 사업은 MDGs 달성을 목표로 유기적으로 연결되어 있다.

그러나 민간단체의 영유아 지원사업을 기획했던 나를 포함한 공무원들이나 민간단체들도 당시 국제사회가 개도국을 지원할 때 공통 목표로 삼았던 MDGs에 관심을 갖지 못했다. 민간단체를 통한 영유아 지원사업에서 자세히 당시 상황을 설명하겠지만, MDGs라는 나침반이 없다 보니 북한 어린이와 산모의 사망률을 줄이고 건강을 회복시키기 위해 어떤 사업을 우선해야 하는지에 대한 정확한 방향을 잡지 못했다. 남북 간 특수성을 인정한다고 해도 앞으로는 민간단체의 남북 교류협력사업도 국제사회의 큰 흐름을 놓치지 않고 함께 가야 한다는 교훈을 얻었다.

셋째, 이 사업은 남한 보건의료 지원의 경험과 노하우를 활용하여 북한 어린이와 산모에게 실질적인 도움을 줄 수 있는 기회가 되었다. 사업에 참여했던 많은 전문가들은 사업에 필요한 전문 지식을 자문해주고 함께 방북하였다.

전문가들의 역할은 사업 자문을 넘어 남북 교류협력사업에 대한 여론을 환기시키고 사업을 지속할 수 있도록 환경을 조성하기도 한다. 나는 남·북·WHO 3자 회의 때마다 남한 전문가의 현장 방문을 요청했지만 WHO도 보건성도 시원한 답을 주지 못했다. 당시에는 2006년 7월 미사일 발사와 10월 1차 핵실험으로 북한 지원에 대한 투명성을 강하게 요구받고 있는 상황에서 남한 전문가의 현장 방문은 분배 투명성과 모니터링에 대한 국민적 공감대를 얻을 수 있는 조치가 될 수 있으리라 생각했다. WHO 사업에서는 남한 전문가의 현장 참여에 대해 보건성이 답을 주지 못했는데, 민간단체 사업에서는 사업 초기 협의 과정에서부터 전문가 참여에 북한은 거부감을 보이지 않았다. 보건성이 남한 전문가와의 협력에 소극적이라기보다는 남한 전문가와의 만남에 대한 결정권이 없기 때문으로 보인다.

남포항
가는 길

2006년 하반기 동안 정부는 '영유아 지원사업 계획'(안)을 민간단체들과 공유하면서 사업 내용을 보완해나갔다. 같은 내용의 영유아 지원사업이라도 평양에 상주하면서 보건성과 사업을 하는 국제기구와 평양에 상주하지 않으면서 민화협을 파트너로 하는 민간단체의 사업 방식은 다를 수밖에 없었다. WHO와 민간단체 사업 2개의 진행에 참여할 기회가 있었던 나는 민간단체 사업이 훨씬 노력이 많이 드는 지난한 작업이라는 결론을 내렸다. WHO는 보건성에게 사업 내용을 설명할 필요는 없기 때문에 사업의 우선순위 또는 지원 물자의 조정 등 실무협의에 노력을 많이 쓰는 것 같았다. 반면 남한 민간단체는 영양이나 보건 분야에 대해 잘 알지 못하는 민화협을 상대로 사업 내용부터 설명하고 합의를 이끌어내야 하는 사전 작업에 많은 에너지를 써야 했다. 민간단체의 파트너를 민화협으로 정한 것은 북한의 정치적 결정이므로 민간단체가 어떻게 할 수 없지만, 사업의 효과와 효율성을 고려할 때 보건성이나 보건성 유관 기관(조선의학협회)이 담당하는 것이 합리적이라는 생각을 했다. 남한도 외국으로부터 원조가 들어오면서 모자보건사업을 본격적으로 시작한 1960년대 초 복지부(당시 보건사회부) 보건국 모자보건과를 신설하였고, 북한도 WHO 사업을 시작하면서 보건성 내에 이 사업을 전담하는 부서를 만들고 인력을 충원하였다고 알고 있다. 이는 자원의 효율적 분배와 체계적인 운용을 위해서는 영양과 보건을 책임지는 전문 부처가 본연의 역할을 할 수 있도록 위상을 세워줘야 함을 의미한다. 향후 남북 보건의료 협력사업이 재개될 경우 우리는 북한에게 사업 관련 전문성을 갖춘 기관이 파트너로 나서줄 것을 적극 요구할 필요가 있다고 생각한다.

2007년 초 민간단체들과 전문가들(의과대학 교수, 영양학 교수, 산부인과 의사 등)은 '영유아 지원사업 남북 기술협력단 간담회'에 참가하기 위해 평양을 방문했다. 민간단체들이 민화협에게 남북한 영양, 보건 전문가들이 직접 만난다면 사업 이해가 훨씬 빠를 것이라는 제안을 했는데 이를 받아들인 것이다. 간담회는 방북 기간 중 2차례 진행되었다. 간담회에는 평양산원 의사와 치료영양과장, 보건성 여성건강 관리 담당자, 어린이영양관리연구소 연구실장 등 전문가들이 참석 했다. 이렇게 남북 전문가들이 간담회를 한 것은 처음 있는 일이라 민화협이 이 사업에 대해 관심을 가지고 있음을 간접적으로 알 수 있었다. 북한은 남북 기술협력단은 얼마든지 구성할 수 있다며 적극 적인 태도였는데 합의서에 '사업의 원활한 진행을 위해 기술협력단 을 공동으로 구성·운영'하는 것을 명시할 정도였다. 사업이 예정대 로 다년간 진행되어 남북 기술협력단이 그 역할을 충분히 할 수 있 었다면 남북 전문가 교류 활성화 효과뿐 아니라 '퍼주기'나 '군대 전 용' 등 부정적인 평가를 불식시키는 데 기여를 하지 않았을까 하는 생각을 했다.

남한 전문가들의 발표(영유아 지원사업 개요와 세부내용 등)에 이어 토론 이 이어졌다. 북한 참석자들은 공통적으로 2가지 의견을 냈다. 첫째, 보건과 영양으로 구성된 '영유아 지원사업'이 영양에 더 집중되었으 면 좋겠다. 둘째, 보건사업은 남포의 산원과 소아병동을 시범적으로 우선 시작해보고 순차적으로 남측이 요구하는 지방 군단위로 확대 하는 게 북한 사정에 맞겠다는 것이다.

당시 자료들을 다시 살펴보니 우리가 계획한 사업을 북한이 빨리 이해해서 시작하도록 합의를 끌어내는 것에 집중되어 북한 전문가 들이 중간중간 내뱉은 진솔한 얘기를 마음을 열고 듣지 못했던 것이 아닌가, 미안함과 아쉬움이 크다. 우리가 주는 것이 중요했지 상대방 처지가 어떤지, 무엇을 필요로 한지에 대해 차분히 생각할 만큼 우리는 여유가 없었다. 급하다고 바늘허리에 실을 매어 쓸 수 없듯이 서로의 처지를 충분히 이해하려는 노력이 중요하다는 것이 영유아 지원사업의 교훈이다. 다음은 북한 전문가들의 목소리이다.

"남측 전문가의 깊이 있는 발표에 감사를 표한다. 동시에 이 사업을 수행할 주체인 북측의 요구가 무엇인지를 먼저 검토하는 것도 바람직할 것이다. 우리도 전문가들의 의견을 청취했는데 영양개선 문제가 모자보건센터 건립보다 우선해야 한다는 결론을 내렸다."

"고난의 행군 이후 여러 어려움이 있는 것은 사실이다. 그 중에서도 임산모와 어린이들의 영양 보충문제 해결이 최우선 과제이며 우선적으로 3대 영양소 중 탄수화물은 곡물로 충족률이 나름대로 보장되고 있으나 단백질과 지방은 부족하다. 남측에서 지원해줄 수 있다면 이 부분을 지원해주길 바란다."

"남측에서 북측 어린이의 영양 문제에 관심을 갖고 계획을 세운 것에 대해 무척 반가웠다. 다 아는 사실이지만 국가 공급계획을 수립했었는데 계획대로 되지 않아 먹는 문제가 어려워지면서 영양실조 문제가 제기되고 있다."

"아이들에게 영양이 계속해서 결핍될 경우 2~3세에 체중 저하, 3~4세에는 신장 문제로 나타난다. 남측에서 준비한 사업에 이런 내용들이 포함되어 있어 인상 깊었다."

"남측에서 북측의 여성들과 어린이들의 건강을 위해 신경써주셔서 감사하다. 남측에서 발표한 내용들에 대해 원칙적으로 동의하고 꼭 해야만 하는 사업이라 생각한다. 다만 순차적이라는 것은 1단계로 남포에 있는 산원과 소아병원을 지원하고 2단계로 군 단위로 확대해가고 향후 이 사업이 평양산원, 도병원까지도 확대할 수 있음을 말한다. 순차적 접근이 필요한 이유는 남포를 시범단위로 꾸려서 사업의 효과를 확인하고 너무 처음부터 벌여놓지 말고 집중하는 것이 바람직하다."

"남포산원은 건축이 이미 완료된 상태에서 시설 미비로 정상적인 운영이 안 되고 있으니까 이미 건설된 시설을 정상적으로 운영할 수 있도록 지원하는 것이 바람직하다고 생각한다. 남측의 모자보건센터 대신 산부인과병동으로 하면 어떻겠나?"

남한 전문가들은 간담회장 밖에서도 북한 파트너를 만나 열심히 사업을 설명했다. 언제나 속마음은 은밀하게 무대 뒤에서 이루어진다고 했던가.

"S 선생이 우리 사정을 잘 모르는 것 같다. 북남 간 정치 현실상 평양을 벗어난다는 것이 어렵다는 것을 잘 알지 않는가? 지방 군 지역은 전기 같은 인프라가 약해 사업시행이 어렵다."

"남측 계획 다 좋은데 순차적으로 하자. 남측 민간단체가 한꺼번에 우르르 몰려오면 감당이 안 된다."

어려운 전기 사정을 꺼내놓은 것은 민간단체들이 요구한 지방 군 단위로 가지 못하는 실질적인 어려움 중의 하나일 것이라 생각한다. 평양에 있는 병원이나 제약공장을 지원할 때도 전기 공급이 중간에 끊어지고 호텔 엘리베이터를 타고 올라가다 멈춘 경우를 한두 번 겪은 것도 아닌 우리가 왜 그렇게 평행선을 달렸는지, 조급함의 결과였다고 생각한다.

우여곡절 끝에 2007년 여름, '어린이 및 임산부 지원사업 합의서'가 체결되었다. "어린이 및 임산부의 영양증진과 건강이 민족의 미래를 위한 중요한 사업이라는 데 인식을 함께하고"로 시작하는 합의서는 "세부 사업 내용은 남측 기술협력단의 현장방문 후 별도의 합의서로 정한다."로 맺고 있다.

합의서를 체결했던 이때 나도 단체들과 함께 평양을 방문했다. 앞으로 사업할 남포산원, 남포소아병원, 대안군병원을 방문했다. 병원 리모델링 규모를 알기 위해 건축사와 한국보건산업진흥원 담당자가 함께했다.

남포산원은 원래 음식점으로 건축된 건물로 ㅁ자 형태로 중정이 설치되어 있는데 병원으로서 기능하는 데 필요한 기본적인 설비(위생, 의료가스, 전기 등)가 설치되어 있지 않았다. 이런 상황은 남포소아병원과 대안군병원도 마찬가지였다. 남포소아병원은 당시 건립된지 30년이 지난 노후 건물로 병원으로 기능하기에 매우 좁으며 지난 태풍 때 입원동 지붕의 절반이 파손되는 피해를 입어 리모델링보다는 신축이 좋겠다는 것이 전문가 의견이었다. 대안군인민병원은 세 기관 가운데 중 나은 상태여서 소아과와 산과 중심으로 리모델링을 하는 것으로 의견이 모아졌다.

영양지원도 남포시와 대안군의 6개월부터 6살까지 어린이와 임산부 총 47,100명 대상 영양식 보급계획을 수립하였다.

그동안 민간단체들과 전문가들이 여러 차례 방문하여 친밀감도 생기고 오랜 기간 진통 후 합의서를 체결한 후련함에 북한 파트너는 우리를 남포항으로 데리고 갔다. 남한에서 지원 물자를 인천항에서 배로 보내면 남포항에 도착해서 평양으로 이송된다고 알고 있어서 남포항 가는 길은 괜히 설렜다. 우리가 지원한 물자들이 이 길을 따라서 북한 아이들과 임산부한테 전달된다고 생각하며 남포항 오가는 길을 꼼꼼히 보았다. 남포 해변은 잔잔한 서해 바닷가 느낌이었다. 늦은 여름인데도 물놀이를 하는 사람들이 있었고, 고기도 구워먹고 있었다. 민화협 참사들은 남측에는 이런 거 없을 거라며 휘발유 조개구이를 맛보라고 했다. 우리는 휘발유 냄새 때문에 어떻게 먹냐고 손사래를 쳤는데 그들은 웃기만 했다. 바닥에 조개를 뒤집어 세워놓고 그 위에 휘발유를 뿌려 불을 붙여 조개를 익혔다. 막상 먹어보니 휘발유 냄새는 간데없고 쫀득한 맛이 일품이었다. 기름이 귀

남포 해변 늦여름 풍경. 멀리 수영복을 입은 남자들이 보인다. 우리는 남포 해변에서 남측 방문단을 위해 준비한 회와 불타는 조개를 맛있게 먹었다.

2007년 8월에 민간단체 영유아 지원사업을 책임진 단체 실무자
들과 함께 남포소아병원과 대안군인민병원에서.

하다면서 왜 휘발유를 뿌리는지는 아직도 궁금하다.

지금 이 병원들은 어떻게 되었을까? 우리 계획대로 남포산원은 리모델링을 마치고 임산부들이 편한 병실에 입원해서 건강한 아이를 낳고 있을까? 태풍에 지붕이 날아간 남포소아병원은 깨끗하게 새로 지어 이제 비 새는 걱정은 안 해도 될까?

안타깝게도 '정부·민간단체·전문가 삼각협력모델'*로 불렸던 민간단체 영유아 지원사업은 우리 손으로 마무리하지 못한 미완의 건물들이 되었다. 단체들은 2008년부터 본격적으로 병원을 새로 짓기 위한 물자들을 지원해서 골조공사를 시작했는데 2009년 후반부터 병원 건립에 필요한 물자 반출이 중단되었다. 문틀은 들어갔는데 문은 들어가지 못하는 상황이 되었다. 2009년 5월 북한의 2차 핵실험, 2010년 3월 천안함 사건에 이은 5. 24 조치로 남한의 지원은 완전 중단되었다.

개인적으로는 민간단체 영유아 지원사업에 나의 모든 지식과 경험과 열정을 쏟은 만큼 이 사업은 복기하기 힘들었다. 솔직히 피하고 싶은 마음이 컸다. 내가 다 지난 북한 얘기를 그래도 기록으로 남겨야겠다고 결심하게 만든 동기의 반 이상은 이 사업 때문이었다. 그때 함께 고생했던 통일부 동료, 민간단체 실무자들의 노력, 아무런

---

* 손종도, 『통일한국』, 2012. 2.

대가도 받지 않고 열정적으로 자문해주신 여러 교수님들에게 감사드린다. 우리가 다시 모여 이 사업을 시작할 때는 지난 시기 우리의 조급함을 누르고 최대한 북한 처지에서 생각하면서 멋지게 해낼 수 있을 것 같다. 밤을 새도 남북 간 이견이 좁혀지지 않아 정말 힘들 때 우리끼리 주술처럼 중얼거리는 암호가 있다.

"가는 길 험난해도 웃으며 가자!"

part 07

아이들은 기다린다

풍진 백신,
인도 뭄바이로

2013년에 북한을 지원하는 국제 NGO(단체 A)에서 일하는 분이 연락을 했다. 단체 A가 평양을 방문했을 때 보건성으로부터 MR(Measles·Rubella: 홍역·풍진) 백신 지원을 요청받았는데 보건성이 요청한 백신을 지원해도 괜찮은 것인지, 어떻게 구매할 수 있는지 여러 질문을 한꺼번에 했다. 당시 나는 북한 업무 담당자가 아니어서 단체 A를 북한 업무 담당자와 연결해주었다.

복지부 담당자는 단체 A로부터 보건성의 사업 요청 배경과 대상 인원 등 자세한 내용을 전달받고 질병관리본부와 예방접종 전문가의 자문을 받았다. 풍진은 발열, 발진이 일어나는 감염성 바이러스 질환으로 합병증으로 관절염 증상을 동반하는 질환이다. 여성이 임신 중에 풍진 바이러스에 감염되면 유산을 하거나 아기가 선천성 기형을 갖고 태어날 수 있기 때문에 우리나라를 포함해서 많은 나라들이 국가예방접종으로 지정하고 있다. 북한의 경우 풍진예방접종이 지금까지 시행되지 않았기 때문에 보건성의 지원 요청이 타당하고 지원 필요성에 대한 충분한 근거가 있다는 것이 자문 결과였다.

복지부에서는 지원계획(안)을 만들어 통일부와 수차례 협의를 진행했다. 통일부도 예방접종의 타당성과 필요성을 충분히 이해했지만 북한의 3차 핵실험(2013년 2월) 이후 어떠한 대북 지원도 쉽게 하기 어려운 상황이었다.

2015년 3월부터 다시 북한 업무를 담당했다. 전임자가 북한에 풍진 백신을 지원하기 위해 많은 준비를 해왔던 내용들을 인계받았지만 지원이 어려운 상황은 변함이 없었다.

북한 예방접종에 대한 자료를 찾아보고 공부를 해야겠다는 생각에 북한이 어떤 종류의 예방접종을 하는지 알아보았다.

북한은 2000년 초부터 유니세프와 GAVI(국제백신연합) 등의 지원을 받아 어린이와 여성들에게 예방접종을 하고 있는데 예방접종의 숫자나 백신 종류, 접종 일정 등이 남한과 많이 달랐다. 예를 들면, 남한은 필수적으로 14종류의 예방주사를 맞도록 하고 있으나, 북

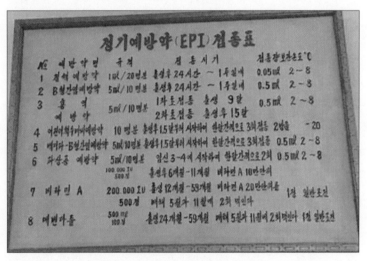

남한 예방접종 일정표. 질병관리본부.

정기예방약(EPI)접종표

No	예방약명	규격	접종시기	접종장보존온도 ℃
1	결핵 예방약	1㎖/20명분	출생후 24시간 ~ 1주일내	0.05㎖ 2~8
2	B형간염예방약	5㎖/10명분	출생후 24시간 ~ 1주일내	0.5㎖ 2~8
3	홍역 예방약	5㎖/10명분	1차 초접종 출생 9달 / 2차 초접종 출생후 15달	0.5㎖ 2~8
4	어린이혼합예방약	10명분	출생후 1.5달부터 시작하여 한달간격으로 3회접종 2방울	-20
5	여러가-B형간염예방약	5㎖/10명분	출생후 1.5달부터 시작하여 한달간격으로 3회접종 0.5㎖ 2~8	
6	자성종 예방약	5㎖/10명분	임신 3~4에 시작하여 한달간격으로 2회 0.5㎖ 2~8	
7	비타민 A	100,000 IU 500정 / 200,000 IU 500정	출생후 6개월-11개월 비타민A 10만단위 / 출생 12개월-59개월 비타민A 20만단위를 / 매해 5월과 11월에 2회 먹인다	1정 일반조건
8	메벤다졸	500㎎ 120정	출생24개월-59개월 매해 5월과 11월에 2회먹인다 1정 일반조건	

북한 예방접종 일정표. 2015년 겨울 평양 방문 시 찍은 사진.

한은 5종류(결핵, B형 간염, 홍역, 소아마비, 파상풍)의 예방접종을 시행하고 있었다. 소아마비 백신의 경우 남한과 북한의 백신 종류가 다르고, B형 간염의 경우 남한은 3회 접종이지만 북한은 1회 접종으로 차이를 보였다. 풍진의 경우 한 주사약 안에 홍역과 같이(MR: Measles, Rubella) 있거나, 홍역, 유행성이하선염과 같이(MMR: Measles, Mumps, Rubella) 있는데 남한의 경우 후자를 접종하고 있고, 북한은 전자를 요청했다.

나는 북한이 아직 접종을 하고 있지 않은 많은 백신 가운데 풍진을 우선 선택한 이유가 궁금했다. 북한의 설명대로 북한은 지금까지 풍진예방접종을 하지 않았기 때문에 전염력이 강한 풍진이 발생할 경우 그에 대처하는 데 많은 어려움에 직면할 수 있음을 예상할 수 있다.

그 즈음에 한 언론에서 북한에 풍진접종이 이루어지지 않고 있다고 하면서 풍진예방접종을 권고했다는 WHO 대변인 인터뷰 기사를 실었다.*

나는 북한 업무를 하면서 마음이 급해질 때마다 나를 진정시키는 주문을 외우는 버릇이 있다. 소위 '운칠기삼론'인데 북한 사업은 내가 궁리해볼 수 있는 '노력 30'에 '운 70'이 절묘하게 맞아 떨어져야

---

* 미국의 소리, 2015. 4. 30.

성공한다는 마음 비우기 철학이다. 그만큼 북한 사업은 외부 환경에 따라 부침을 크게 받는다는 게, 내 개똥철학의 근거이다.

미리 준비해야 할 '노력 30'에 대한 체크리스트를 만들었다. 사업의 타당성과 명분이 있고 예산도 준비되었으므로 백신과 주사기를 어떻게 구매해야 할지 알아놓아야 했다. 보통 풍진은 15개월 전, 만 6세 전 2회 접종을 해야 하지만 북한에는 처음 도입되므로 만 14세 이하 아이들 모두에게 1회 접종한다는 따라잡기 방법(Catch up program)을 쓰기로 했다.

만 14세까지의 아이들이 540만 명이고 WHO의 인증을 받은 MR 백신은 전 세계에서 인도 뭄바이에 있는 제약회사 한 곳에서만 생산하고 있었다. 540만 명 분량이면 남한에서 6년 동안 접종할 수 있는 큰 규모였다. 이만큼을 생산하는 데 기간이 얼마나 필요한지, 가격은 어느 선에서 협상이 가능할지, 평양까지 어떻게 수송을 할지 등 실무적으로 점검할 내용들이 많았다. 인도 회사에 연락을 해서 이런 궁금한 사항들을 물었다. 인도 회사에서는 북한을 지원하는 백신이므로 이윤은 최소화하고 필요하다면 모든 공정을 동원해 납품기일을 맞추겠다는 답을 주었다. 주사기도 540만 개 이상이 필요하므로 국내 주사기 공장 6곳에 전화를 했다. 주사기 공장들마다 생산 규모가 조금씩 달랐는데 공장 모두가 한 달을 꼬빡 쉬지 않고 일해야만 주사기 540만 개를 채울 수 있다는 계산이 나왔다.

이렇게 여러 궁리를 하고 있던 중인 2015년 7월 10일, 박근혜 대통령이 통일준비위원회 토론회에서 북한에 결핵과 풍진 백신을 지원하겠다는 발표를 했다. 아울러 남북 간 질병대응 협력체계를 구축할 필요성을 강조했다.

이 발표 직후 통일부로부터 풍진 백신 지원사업을 시작해도 좋다는 결정을 받았다. 통일부 담당자도 이 사업을 진행하기 위해 많은 노력을 했음을 알 수 있었다. 보통 대통령이 토론회에 참석할 때 해당 부처에서는 '말씀자료'라는 것을 작성하는데 그 자료에 '풍진 백신'을 지원한다는 문구를 넣었고 그대로 통과된 것이다.

나를 포함한 몇 명은 바로 인도 뭄바이에 있는 제약회사로 출장을 갔다. 우리를 맞은 회사 담당자는 백신을 만드는 공정을 보여주겠다며 안내를 했다. 회사 규모는 내가 상상한 것보다 훨씬 컸다. 담당자는 12월 초까지 250만 명 분의 백신에 대해서는 납품기일을 맞출 수 있다고 했다. 모두 540만 명 분의 백신이 필요했으나 1차로 250만 명을 먼저 접종하고 나머지 290만 명은 2차로 접종할 수밖에 없었다. 우리는 북경을 경유하여 평양으로 백신을 전달하는 조건으로 계약을 체결하였다.

백신과 주사기 계약을 마친 것으로 우리는 시간을 맞춰 서둘러 준비해야 하는 일에서 한숨을 돌릴 수 있었다.

우는 아이
한 명 없다

12월 초 백신과 주사기가 무사히 평양에 도착했다는 연락
이 왔다. 인도 백신 회사에서도, 남한 주사기 공장들도 열심히 납품
기일을 맞추기 위해 애쓴 결과이다. 인도 백신은 인도 뭄바이 공항
을 출발해 북경을 경유하여 평양에 도착하였고, 남한 주사기들은
평택항을 출발해 중국 대련을 거쳐 남포항에 도착하여 평양까지 먼
길을 돌아갔다. 겨울이라 남포항에서 하역을 제때 할 수 있을까 걱
정했는데 백신과 주사기는 나의 '운칠기삼론'에서 '운 70' 영향권에
들어 있나 보다라며 우리끼리 우스갯소리를 했다.

2015년 12월, 크리스마스를 며칠 앞두고 나를 포함한 대표단이 평

양을 방문했다. 방문 목적은 백신과 주사기가 손상 없이 잘 도착했는지 확인하고, 접종을 참관하기 위해서였다. 2007년 마지막 방북 이후 8년 만의 평양 방문이라 감회가 새로웠다.

우리는 탁아소와 학교를 방문해서 아이들이 주사 맞는 것을 참관했다. 아이들은 무서워하는 표정 없이 조용히 주사를 맞았다. 탁아소의 아주 어린 아이들도 겁에 질린 눈망울만 보일 뿐 우는 아이한 명 없다는 게 신기했다.

1차 250만 명에 대한 접종이 끝나고 3개월 후에 보건성은 검사 결과를 알려주었다. 예방접종 효과를 측정하기 위해 접종하기 전과 접종 후의 항체생성률 수치를 비교한 것이다. 홍역은 북한에서 이미 접종해왔던 터라 MR 접종 전에는 91.9%였으나 접종 후에는 96.8%로 이번 접종으로 인한 항체생성률의 차이는 크지 않았다. 그에 반해 풍진은 처음 접종이라 접종 전 12.7%, 후 97.5%로 접종의 효과가 눈에 띄게 차이를 보였다.

전문가들은 예방접종은 한 나라의 감염병 예방을 위한 조치로 가장 비용 효과적인 방법이라고 입을 모은다. 북한 아이들에게 백신을 지원한다는 것은 아이들을 감염병으로부터 보호한다는 의미도 있지만 남한 주민들을 간접적으로 보호하는 조치이기도 하다. 예방접종을 한 아이들은 간염이나 홍역, 결핵 등에 이미 면역을 가진 상태이기 때문에 탈북해서 남한에 입국하더라도 그만큼 남한 주민을 감염시킬 확률이 떨어진다. 그리고 통일이 되어 남북한 아이들이 섞일 경우 남한 아이들의 백신접종률이 높더라도 북한 아이들이 백신접종이 되어 있지 않다면 평균 백신접종률이 급격히 떨어져서 감염병에 걸릴 확률이 높아지는 것이다.

이렇게 바로 눈으로 확인할 수 있는 성과와 의의가 큰 사업임에도 불구하고 북한의 2016년 1월 4차 핵실험으로 현재 모든 사업은 정지 상태이다. 2015년 12월 250만 명에 대한 1차 접종이 끝난 이후 우리는 2차 290만 명의 백신을 전달하기 위해 많은 노력을 했지만 2018년 5월 현재도 그 약속을 지키지 못하고 있다.*

---

* 이렇게 일부만 예방접종을 할 경우 접종을 하지 않을 때보다 더 위험하다는 WHO의 역설적 효과(paradoxical effect) 연구 결과가 나왔다. 즉 낮은 풍진접종률이 오래 지속되면 전염 가능성이 높아져서 접종이 없던 때보다 풍진증후군(유산, 태아사망, 심장기형 등)의 위험이 높아지는 것이다.

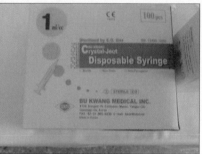

평양에 도착한 백신과 남한산 부광주사기.

울지 않고 듬직하게 주사를 맞았다.

머리에 모두 리본 핀을 꽂고 왼팔 옷을 걷고 주사 순서를 기다리고 있다.

남북 교류협력은 먼저
백신 지원이어야 한다

북한은 언제부터 백신을 외부에 의존했는지가 궁금해서 자료를 찾아보았다.* 3군데 백신 생산공장을 찾았는데 평양에 있는 애국예방약공장, 평양백신공장, 평안북도 정주의 25호공장 등이었다.

애국예방약공장은 1993년 조총련이 지원한 것으로 B형 간염 백신을 천만 병을 생산한다고 되어 있으나 생산이 되었는지는 확인할 수 없다.

---

* 모두 북한 자료이긴 하지만 북한은 1956년에 19종류에 달하는 예방접종의 수요를 완전히 충족시켰고, 1960년대에는 일본뇌염 백신을 생산하여 광범위하게 사용하였으며 결핵예방약의 개발로 130만 명의 어린이에게 접종하였다고 한다. 김진숙, 「북한 약학부문사업과 보건의료 연구」, 2012.

평양백신공장에 대해서는 2008년 WHO가 직접 공장을 방문한 후 의약품의 안전성 측면에서 북한이 백신을 생산하는 것에 대해 우려를 표했다.

보건성은 자체 백신 생산능력 배양이 필요하다며 WHO에 평양 백신공장의 설비를 지원해줄 것을 요청했으나 지원이 이루어지지 않은 것으로 알고 있다.

북한에 백신을 지원하는 경로는 유니세프와 GAVI와 같은 국제기구가 첫 번째이고, 두 번째로 풍진 백신을 지원한 단체 A와 같은 국제 NGO를 통하기도 한다.

북한에 백신을 지원하는 두 번째 경로인 국제 NGO를 통해서는 풍진 백신의 경우처럼 새로운 백신을 도입하거나 국제기구의 지원에서 빠진 공백 세대에게 접종이 필요**할 때 보건성이 이용했다. 2015년 평양을 방문했을 때 보건성은 풍진백신접종에서 부작용 등 문제가 생기지 않으면 국가예방접종확대계획에 반영하여 유니세프에 요청할 계획이라는 설명을 했다. 나는 북한 어린이의 백신접종을 위해서는 첫 번째 경로인 국제기구 지원도 중요하지만, 두 번째 경로도

** 유니세프는 2003년부터 북한 어린이 B형 간염 백신을 지원하기 시작했다. 보건성은 2009년 단체 A에게 2003년 이전에 태어난 어린이(공백 세대, 당시 7세~16세 370만 명)에 대한 B형 간염 백신 지원을 요청했다. 단체 A는 평양 거주 50만 명에 대한 지원을 마치고 나머지 320만 명에 대한 지원을 복지부에 요청하였다. 복지부는 유아기 B형 간염 노출의 경우 성인이 되어 90% 이상이 보균자가 되는 점을 고려하여 지원을 결정했다. 2010년 1월에 시작한 백신 지원은 2012년 2월에 마무리 되었고 항체생성률은 97.5%의 결과를 보였다.

병행되어야 한다고 생각한다.

나는 장기적으로는 통일을 준비하고 단기적으로는 남북 간 교류 협력이 재개될 때를 대비하여 남북한 어린이의 예방접종을 단계적으로 맞추어나가는 것이 필요하다고 생각한다. 전 세계적으로 예방접종에 대해 비용·효과가 증명되고 있으며 예방접종률의 향상은 질병 발생을 낮추고 의료비 지출을 감소시키는 것은 주지의 사실이다.

나는 남북 교류협력을 재개할 경우 무엇보다 백신 지원을 우선해야 한다고 생각한다. 북한 주민이 남한에 있는 가족을 만나러 오고, 북한 건설현장에 남한 근로자가 일하러 가고, 남한 학생들이 금강산으로 수학여행을 가는 상황을 상상해보자. 남북한 주민이 서로 오가면서 남한에서는 이미 오래전 퇴치된 감염병이 재출현하고, 북한에서는 처음 보는 신종 감염병이 유행한다면 어떻게 될까?

남북 간 교류가 활발해져서 안심하고 서로 왕래를 하기 위해서는 북한도 남한과 같은 수준으로 예방접종률을 미리 끌어올려놓을 준비가 필요하다.

온반
하늘소 불고기
옥류관 쟁반국수

        8년 전 평양을 방문했을 때까지만 해도 평양공항에 입국
하자마자 참사들이 핸드폰(손전화)을 수거해갔는데 이번 방문 기간
동안은 가지고 다니게 했다. 덕분에 자유롭게 사진을 찍을 수 있었
는데 그래도 사진을 찍기 전에 양해를 구했다. 그만큼 조심스러웠다.
    이번 평양 체류 기간 동안 참관한 곳들은 김일성 생가인 만경대만
제외하면 처음 방문하는 기관들이었다. 대부분 2013년부터 '김정은
동지'가 현지 지도한 곳으로 대동강무지개유람선, 문수물놀이장, 평
양양로원, 옥류아동병원, 류경구강병원, 평양산원유선종양연구소
등이었다. 이 중에서 내가 인상 깊었던 곳 사진을 몇 장 소개한다.

옥류아동병원

옥류아동병원은 지하 1층, 지상 6층 건물에 300병상 규모인 어린 이종합병원으로 2013년 10월 13일에 개원했다. 200명의 의사를 포함하여 모두 530여 명의 의료진이 근무하고 있다. 북한은 우리에게 옥류아동병원을 '세계 최상급의 아동의료 봉사기지'로 소개했다. 북한 아동시설을 방문할 때마다 '세상에부럼없어라!'라는 구호를 여기서도 볼 수 있었다.

옥류아동병원에서 특이하게 본 것은 실내장식에 디즈니 캐릭터들을 다수 사용한 점이었다. 거리 곳곳에 미국을 향한 적개심을 드러내는 구호들이 난무한 것을 생각하면 이런 캐릭터의 도입을 어떻게 해석해야 할까? 남한에서 '원격 의료'라 부르는 것을 북한에서는 '먼거리의료봉사'라는 친숙한 용어를 쓰고 있는 것도 재미있었다. 지방에 있는 아기가 아플 때, 옥류아동병원과 지방병원 간 인트라넷을 통해 화상진료를 한다고 한다. 평양산원에서도 이런 먼거리의료봉사실을 보았었다.

문수물놀이장

문수물놀이장은 옥류아동병원과 같이 2013년 10월에 개장했다. 입장료는 2달러인데 놀이장 안에 '리발관', '미용원'도 있었다. 2015년 개성공단 근로자의 임금이 월 74달러였음을 감안할 때 입장료가

옥류아동병원.

부담 없는 수준은 아닌 것 같다.

우리가 12월 말에 방문했는데 수영장 안은 덥고 습하게 느껴졌다. 겨울철이라 사람은 많지 않았다. 우리가 수영장을 나올 때쯤 시골에서 오셨다는 50대 아주머니 여러 분을 수영장 입구에서 만났다. 수영을 오신 것인지 구경을 오신 것인지는 알 수 없었다.

물놀이장 안에는 탁구장, 배구장, 인공 암벽등반장 등이 있었는데 수영복을 입고 탁구를 치고 배구를 하는 모습은 낯설었다. 아무리 남북이 달라도 미끄러운 바닥에 수영복에 있는 물이 떨어지면 똑같이 위험한 상황일 텐데 어떻게 주의를 시키는지 궁금했다.

은정종합봉사소

은정종합봉사소(Unjong Service Complex)는 평양시 중구역에 있는 쇼핑몰 같은 곳이다. 북한 자료를 보면 은정종합봉사소의 사진관이 많이 소개가 되고 있는데, 우리는 식당을 방문했다. 북한판 한정식 코스라고 할 수 있을까? 모두 15가지 요리가 나왔는데 나는 온반 한 그릇이면 충분하다는 생각을 했다. 2000년 평양을 방문한 김대중 대통령도, 2018년 대북특사단도 온반으로 첫 식사를 했다고 한다. 차림표의 하늘소불고기는 당나귀를 재료로 한 불고기라고 한다. 마지막 요리인 명태식혜는 중독성 강한 감칠맛이 정말 맛있었다. 가격은 1인당 70달러로 매우 비쌌다.

문수물놀이장.

은정종합봉사소 차림표.

은정종합봉사소 온반.

옥류관 쟁반국수.

랭동진공건조 낙지.

평양에 가면 누구나 한 그릇은 꼭 먹는 옥류관 냉면. 옥류관 쟁반국수 200g이 4유로였다. 2018년 남북 정상회담 만찬 메뉴 중 옥류관 냉면이 가장 인기 있었다는 후문.

평양 기념 선물로 등장한 '랭동진공건조 낙지.' 남한의 낙지가 북한에서는 오징어이고 북한의 낙지가 남한에서는 오징어인 것은 널리 알려진 것 같다. 10마리에 10달러. 기념품 가게에 있는 '랭동진공건조 낙지'를 몽땅 사와서 아는 분들께 선물했더니 만족도 100%였다.

part 08

금강산에서

아이를
건강하게 낳을 수만 있으면

1998년 11월 18일부터 남한 사람들은 유람선을 타고 '그리운 금강산'에 갈 수 있었다. 당시 금강산에는 남한 관광객이 묵을 숙소가 충분치 않았기 때문에 금강산 앞바다의 유람선을 숙소로 사용했다. 낮에는 금강산 관광을 하고 밤에는 유람선에서 자는 북한판 크루즈 여행이었다.

2003년부터는 육로로 금강산에 갈 수 있었고, 2004년에는 당일치기로 금강산을 다녀올 정도로 금강산은 성큼 다가왔다. 2005년에는 관광이 시작된 지 7년 만에 100만 명이 넘는 사람들이 금강산을 찾았다고 한다. 2008년 7월 관광객이 북한 군인의 총격으로 사망하는 사건이 발생하기 전까지 금강산 일만이천봉은 우리에게 금기의 땅

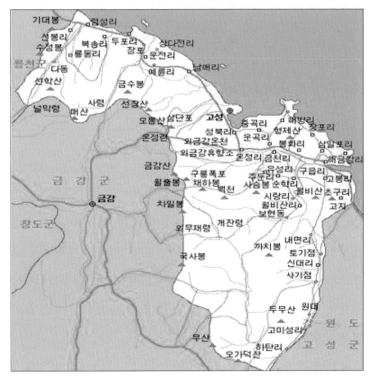

온정리. 고성군 가운데에 있다.

은 아니었다. 그러나 그 사건 이후 금강산은 다시 '그리운 금강산'이 되었다. 이때까지 총 195만 명이 금강산을 찾았다.

금강산 관광이 한창인 2006년 늦여름, 북한은 현대아산 금강산사업소를 통해 '온정리인민병원(이하 온정리병원)'을 지원해줄 것을 요청했다. 당시 현대아산은 1989년 북한과 체결한 '금강산관광개발의정서'에 따라 금강산 관광사업을 활발하게 추진하고 있었다. 이런 배경 때문인지 북한은 현대아산을 통해 필요한 요청을 수시로 할 수 있었다. 현대아산은 북한이 요청하는 내용을 복지부에 전달했다.

당시 금강산은 오랜 시간 이산가족이 된 채 고향을 방문하지 못한 어르신들이 '그래도 북한 땅이라도 밟고 죽겠다'는 각오로 오셨다가 심장쇼크나 골절상을 당하는 사례가 많았다. 이렇게 긴박한 응급 상황에 대처하기 위해 현대아산은 금강산 관광구역에 작은 응급진료소를 설치해서 운영하고 있었다. 그러나 관광객의 급증에 대응하기에는 역부족인 상황이었다. 나를 포함한 몇 명은 이 진료소의 상황을 파악하고 북한의 요구를 직접 듣고 온정리병원을 답사하기 위해 8~9월 모두 3차례 금강산을 방문했다.

온정리는 북한 강원도 고성군의 중앙에 자리 잡고 있다. 온정리는 금강산 관광구역에서 멀지 않은 곳에 있지만 북한 주민들이 살고 있기 때문에 남한 관광객들은 접근할 수 없었다.

우리는 온정리병원을 방문해서 병원을 둘러보고 원장님의 설명을 들었다. 원장님은 처음에는 매우 긴장했지만 연령별로, 성별로 어떤 질병으로 병원에 오는지를 잘 설명해주었다.

온정리에는 약 8,700여 명의 주민들이 살고 있고 병원에는 하루 50여 명의 환자들이 치료를 받으러 온다고 했다. 아이들에게는 설사와 기관지폐렴이 흔하고, 30~40대 여성들은 추운 곳에서 일하는 사람들이 많아 비뇨기계 질환이 많다고 했다. 50대에는 뇌출혈이나 고혈압 같은 심혈관계 질환이 많았다.

1차 의료기관인 온정리병원에서 치료가 어려운 환자는 2차 의료기관인 고성군인민병원으로, 그 다음은 3차 기관인 북한 강원도 소재지인 원산시인민병원으로 전원된다고 한다. 1983년에 개원한 온정리병원에는 내과, 외과, 소아과, 산부인과, 치과, 고려과, 호담당과 등 7개 과에 의사 14명, 간호원 5명, 직원 7명이 일하고 있었다.

원장님으로부터 병원을 찾는 환자들의 상황에 대한 설명을 듣고 우리는 지원의 타당성과 가능성을 검토하기 시작했다. 온정리병원 지원의 의의를 크게 3가지로 보았는데 첫째가 평양으로부터 멀리 떨어진 강원도 지역이라 중앙에서의 물자 보급이 원활치 않을 것이다. 둘째, 온정리가 금강산 관광 지역에 인접하고 있어 남북 주민의 직·간접적인 접촉이 예상되므로 교류협력의 모델로 가능성이 크다. 셋째, 현대아산 금강산사업소가 상주하므로 전력 공급 등 병원 지원 시 선행되어야 할 인프라에 대해서는 협조를 받을 수 있다는 점들이 고려되었다. 병원 지원 총괄은 복지부 산하기관인 한국국제보건의료재단(재단)이 맡기로 했다.

온정리병원의 상황은 평양에서 보았던 병원들과 크게 다르지 않았다. 병원은 2층짜리 200평 정도 규모로 벽에 금이 가고 비가 새도 오랫동안 수리를 하지 못해서 곳곳이 부식되었다. 벽과 천장에 매몰되어 있는 전기선은 누수로 인한 부식으로 사용할 수 없는 상황이었다. 의료장비 지원에 대비한 새로운 전선을 벽과 천장에 매몰할 경우 건물이 붕괴할 위험이 있다는 전문가 진단이 나왔다. 분전함은 구리전선을 사용하고 있어 누전이나 화재의 위험이 컸다. 그나마 전기는 현대아산으로부터 지원을 받을 수 있었다.

60년대 러시아산 엑스레이는 고장 나 있었고, 소독실의 멸균기는 녹이 슬어 사용하기 어려웠다. 수술실에는 수술대는 있으나 수술등이 고장 난 상태라 한 달에 15건 정도인 분만이 어떻게 가능한지 궁금했다. 원장님이 환자를 고성군병원으로 보낼 때 꼭 필요하다며 구급차를 여러 차례 강조한 이유를 묻지 않아도 짐작이 되었다.

우리는 원장님이 요청한 대로 진료실, 분만실, 입원실을 동시에 개보수하기로 했다. 병원 규모가 크지 않기 때문에 한꺼번에 작업을 하는 것이 효과적이었다. 온정리 산모들은 멀리 가지 않고 온정리병원에서 안심하고 아이를 낳을 수 있었으면 좋겠다는 우리의 소망도 개보수를 서두르게 했다. 평양에 있는 병원과 달리 온정리병원에는 안정적인 전기 공급이 가능하다는 조건도 큰 몫을 했다. 거기에 더해 원장님의 의욕적인 한마디가 결정적이었다. "무엇이 필요한지는 솔직히 잘 모르겠어요. 보시다시피 가진 것이 아무것도 없기 때문에 우리 병원에서 아이를 잘 낳을 수만 있으면 돼요. 우리가 잘 갖춰놓으면 고성군에서도 원산시에서도 진료를 받으러 올 거예요."

가슴이
마구 뛰네요

금강산에서 돌아오자마자 우리는 병원 개보수에 필요한 물자 준비에 들어갔다. 우선은 전기누전과 화재를 방지하기 위한 전기작업과 천장, 바닥, 출입문 등 내부 공사에 필요한 자재들을 10월 말에 전달했다.

11월 중순 병원을 다시 방문했다. 병원은 한창 개보수가 진행 중이었다. 현대아산 관계자가 작업 일정과 내용을 북한 인력들에게 알려주면 그날그날 차질 없이 진행되고 있었다. 원장님은, 병원 창문과 출입문만 교체했을 뿐인데 바람을 막아주어 훨씬 따뜻해졌다, 이렇게 물자가 빨리 올지 몰랐다며 내 손을 놓지 않았다. 사실 우리도 이렇게 빨리 물자가 전달되어 공사가 진행되고 있는 것을 보고 깜짝 놀랐다.

　평양으로 물자를 지원할 때는 트럭에 물자를 실어 인천항에 있는 배에 옮긴 다음 북한 남포항에 물자가 도착하면 다시 트럭에 옮겨 평양까지 운반해야 하는 여러 절차를 거쳐야 했다. 인천항에서 예정 대로 배가 출발했어도 남포항 전기 사정에 따라, 크레인 사용 여부에 따라 평양까지 물자가 언제 도착할지 일정을 예측하기 어려웠다. 그러나 아침에 트럭에 물자를 실어 금강산으로 보내면 오후에 도착하고, 바로 공사가 시작되니 '지원의 신세계'였다.

　우리가 병원 개보수에 사용할 물자들을 병원으로 보내면 북한 건설 인력들이 바로 작업을 할 수 있는 것이 아니다. 북한 사람들은 처음 보는 물자들이 많이 있기 때문에 현대아산 기술부 직원이 매일 병원에 나와서 작업 일정과 내용을 지시했다. 겨울 공사는 모두에게 어려운 작업이라 북한에서도 인력을 증원하여 야간작업까지 강행했다.

　이렇게 개보수를 했는데도 병원 설계 당시부터 난방시설이 되어 있지 않아 실내에 계속 습기가 차고 페인트칠한 벽이 들뜨는 현상이 발생했다. 햇볕이 잘 들지 않는 병실은 너무 추워서 진료나 입원이 불가능한 정도였다. 이런 현상이 계속 되면 개보수한 보람도 없이 벽이나 천장에 손상을 줄 수 있으므로 2007년 하반기부터 외벽 단열 공사를 단행했다. 난방배관 공사와 보일러실을 새로 짓고 엑스레이

병원 개보수를 하기 전(좌)과 후(우) 사진. /사진제공 한국국제보건의료재단.

입원실 개보수 전(좌)과 후(우) 사진. /사진제공 한국국제보건의료재단.

실과 수술실까지 증축하여 산모와 아기들이 따뜻하게 출산을 할 수 있도록 신경을 많이 썼다.

산부인과 입원실도 새로 만들었다. 온정리병원에는 일반 입원실만 있어서 출산 후 산모와 신생아가 휴식을 취하는데 불편함이 있었고, 일반 환자들은 아기 우는 소리에 자꾸 깨었는데 이런 문제들이 해결된 것이다.

우리는 원장님께 다음에 지원할 산부인과용 의료기기와 물품 목록을 설명하면서 자료를 드렸다.

"남측 말은 영어식이고, 우리말은 라틴어식 용어라 말만 들어서는 어떤 기기인지 이해하기 어렵구만요. 그래도 이 목록만 봐도 가슴이 마구 뛰네요. 우리 온정리 주민을 위해서 이렇게 많은 도움을 주시니 참으로 고맙게 생각합니다."

"12월 물자를 보낼 때, 각각의 사진과 설명을 함께 정리한 자료도 드릴게요. 그 자료를 보시면 의료기기 이름이 뭔지, 어떻게 사용하는 건지 미리 알 수 있을 거예요. 12월에 남한 의사 선생님을 모시고 올게요."

원장님과 우리의 대화를 지켜보던 북한 담당자는 남북에서 사용하는 의학용어를 통일하는 작업을 해보자는 제안을 했다. 게다가 앞으로는 병원에 도움을 준 분들도 방문할 수 있도록 조치하겠으니 많은 분들을 모시고 오라는 놀라운 제안을 했다. 우리는 이런 얘기

병원 1차 개보수를 마치고 후원자분들과 함께. /사진제공 한국국제보건의료재단.

외벽 단열공사 후 따뜻한 병원이 되었다. /사진제공 한국국제보건의료재단.

를 평양 방문에서는 들어볼 수 없었기 때문에 처음에는 진의 파악에 분주했다. 그러나 "온정리병원을 전국적인 모델로 만들어가기를 기대한다. 병원 안에 토론실을 만들어서 남북 전문가들이 모여서 기술을 나누는 기회를 많이 갖도록 하자."는 말을 들으면서 나는 온정리병원에 대한 북한 내부 방침이 섰다는 것을 느꼈다.

북한 담당자는 "고성군병원에서 온정리병원 시설을 둘러보러 일부러 왔다." "남측 민간단체가 평양 장교리인민병원을 지원했다고 해서 평양엘 다녀왔는데 온정리병원과는 비교할 수준이 아니다. 우리가 훨씬 낫다."며 여러 차례 만족감을 표했다.

북한은 우리가 지원한 의약품을 고성군 주변 금강군, 통천군, 안변군에 있는 병원들과 나누어서 사용하였다. 우리의 지원 이후 온정리병원에는 산부인과 의사와 검사실 인력이 충원되었다. 남한 의사들이 기술 이전을 위해 온정리병원을 방문할 때면 고성군병원 의사들도 온정리병원에 와서 함께 기술 이전을 받기도 했다. 나중에는 고성군 주변 금강군, 통천군, 안변군 병원 의사들도 온정리병원에서 교육을 받을 계획이라는 얘기도 했다. 금강산 담당자의 권한이 막강해서인지 아니면 금강산이라는 특수한 지역 상황 때문인지는 모르겠으나 평양보다는 훨씬 개방적이고 유연하다는 느낌을 받았다.

지키지 못한
약속

2006년 12월 중순부터 병원에서 남한 의사의 북한 주민 진료가 시작되었다. 병원에서는 우리가 지원한 초음파기와 자궁암 검사기, 진찰대와 분만대를 설치해놓았다. 첫 회에는 임산부 3명을 포함하여 모두 12명의 환자들이 진료를 받았다. 임신 36주 여성은 아기의 초음파 사진을 출력해주니 신기해하면서 종이가 구겨질까 조심스러워했다. 초음파 진료가 처음이었기 때문에 초음파기를 구경하러 온 사람들도 많았다. 임신 5주 여성은 임신된지 모르고 왔다가 초음파 진단으로 임신 사실을 알고는 깜짝 놀랐다. 이 여성은 이미 아이가 2명 있는데 몸이 약하기 때문에 출산 대신 유산하기를 원했다. 남한에서는 인공유산이 불법이지만 북한에서는 인공유산을 많이 하는 것 같았다, 진료 환자 11명 중 4명은 인공유산 경험을 가지고 있었다.

남한 여성들 중에는 여자 산부인과 의사를 선호하는 사람이 많은데 북한 여성들은 생각보다 남한 남자 산부인과 의사에 대한 거부감을 갖지 않는 것 같았다. 남자 의사가 꺼려지지 않냐는 질문에 "처녀들이야 부끄럽지, 아이 낳은 안사람들은 일없습네다(괜찮다)." "아내가 좋아지면 바깥사람이 더 좋지 않습네까?"라며 대수롭지 않게 대답했다. 공장에 출근해야 하는 분은 근무시간을 바꾸어서 진료를 받으러 왔다고 했다. 어떤 분은 자궁에 문제가 없는지 보고 가겠다며 질 초음파 검사는 물론이고 자궁암 검사까지 모두 받고 만족스러운 얼굴로 집으로 돌아갔다. 진료를 받으러 온 사람들은 한결같이 초음파 진료를 한 번도 받아보지 못했는데 처음이라며 신기해하고 좋아했다.

북한 담당자도 산부인과 진료여서 많이 오지 않을 것을 염려했는데 하루 전부터 진료받으러 오겠다는 전화가 많이 왔다며 흐뭇해했다.

남한 의사는 원장님과 북한 담당자에게 진료 결과를 설명했다.

"인공피임기구인 루프를 많이 하고 있는데 루프가 잘못된 위치에 있거나 10년이 지나도 새로 교체한 사람이 없어요. 이렇게 오래 루프를 사용하거나 부적합한 위치에 시술을 하면 염증과 요통의 원인

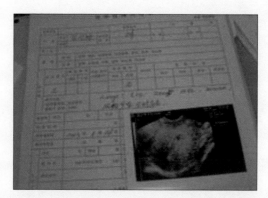

초음파 사진이 신기해요. /사진제공 한국국제보건의료재단.

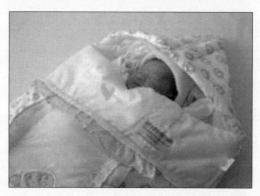

2007년생 이 아이는 지금 12살이 되었겠구나. /사진제공 한국국제보건의료재단.

이 되거든요. 남한에서는 남성들이 정관시술을 많이 하는데 어떻게 생각하세요?"

"남자들이 간단하게 할 수 있는 방법이 있다면 내가 첫 번째로 해보겠시오."

북한 의사들이 초음파기와 자궁암검사기 같은 장비 사용에 익숙해질 때까지 남북한 의사들이 함께 환자를 보는 '협력진료'가 꾸준히 진행되었다. 처음에는 산부인과로 시작했지만 점차로 내과, 외과, 안과, 이비인후과, 정형외과, 한방과, 기생충검사까지 확대해나갔다. 보통 남한 의사들은 2박 3일간 휴가를 내고 기꺼이 금강산행 버스에 오른다.

내과 진료 시에는 최근 고혈압 관리를 어떻게 하는지, 초음파기와 내시경으로 복부 질환 진단을 어떻게 하는지 등을 북한 의사들에게 설명하면서 환자 진찰을 동시에 진행했다.

협력진료와 함께 보건교육에도 온정리병원 의사와 간호사의 관심은 높았다. 당뇨, 자궁암, 검사실 생화학 검사기 운영, 내시경 사용법, 백내장 원인과 증상·치료법, 화상, 구순구개열(언청이) 수술법, 응급처치 등이 교육 내용이었다. 특히 응급처치는 온정리병원뿐 아니라 금강산 관광안내원 60명도 함께 교육받았다. 이 안내원들은 북한 사람들로 남한 관광객들과 함께 다니며 안내를 하는데 나이 드

소아과 교육.

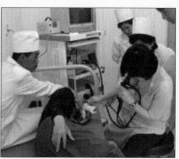

내시경 교육.

내과 협력진료.

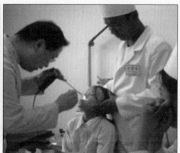

이비인후과 협력진료.

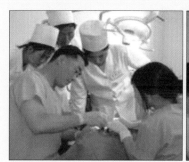

외과 협력진료.

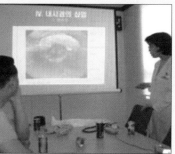

내시경 교육.

신 분들의 경우 넘어지기도 하고 갑작스럽게 심장 질환이 재발하기도 해서 많이 당황했다고 한다.

남한의 경우 교육을 준비할 때 컴퓨터에 자료를 담아 교육시간에 사용하는데 컴퓨터는 전략물자로 온정리병원에 지원할 수가 없어서 필요시마다 반입·반출 승인을 받아야 했다. 그러다 보니 온정리병원에서는 교육 내용을 다시 보고 싶을 때 볼 수가 없다고 교육 내용이 인쇄된 자료를 요청했다. 이런 요청은 언제나 환영이다. 현재는 온정리병원이 주변 병원들의 보급창고 역할을 하고 있으니 넉넉하게 마련해서 전달해드렸다.

원장님은 남한의 지원이 소문나면서 고성군병원을 이용하던 환자들이 거꾸로 온정리병원으로 몰리고 있다면서 힘은 들어도 보람 있다고 했다. 고성군병원에서 치료받던 환자가 상급병원으로 옮기던 중 온정리병원에 남한 의사들이 방문한다는 소식을 듣고 온정리병원으로 돌아온 사례도 있다. 초음파기로 진찰한 결과, 과거 이 환자가 제왕절개술을 했던 자궁내막 부위가 유착이 되어 있음을 발견했다.

지원 초기 초음파 사진과 자궁암 검사로 환자가 몰렸던 산부인과의 수요가 어느 정도 충족된 후 떠오른 스타는 안과였다.

남한 안과의사는 온정리에서 제일 인기였다. 시력이 떨어지고 시야가 뿌연 증상을 보이는 백내장을 수술할 수 있다는 소식에 많은 사람들이 안과 진료를 받고 싶어 했다.

안과 진료 순서는 3단계로 진행된다. 온정리병원에 안과의사가 없기 때문에 고성군병원 안과의사가 백내장 진료가 필요하다고 생각하는 사람들을 선별하는 과정이 1단계이다. 2단계로 남한 안과의사가 안초음파 진료나 안약 치료로 백내장 수술이 필요한 환자를 확정한다. 이렇게 환자로 확정되면 남한에서 환자에 맞는 인공렌즈를 제작해서 다음 진료 때 백내장 수술을 하면 마지막 3단계가 끝나는 것이다. 백내장 수술은 환자가 그 효과를 바로 직접 느낄 수 있기 때문에 항상 기다리는 환자가 많았다. 남한 안과의사들도 그 열기에 힘입어 3개월마다 진료와 수술을 하기로 북한과 협의했다.

북한에서는 시력이 약해지더라도 안경으로 교정을 할 수 없기 때문에 심한 난시와 약시 현상을 보이는 환자가 많이 있었다. 그래서 온정리병원에서 시력을 측정한 후 안경이 필요한 환자들의 안경을 남한에서 제작해서 전달했는데 그 반응이 폭발적이었다.

온정리병원을 방문한 안과의사들은 초등학교 입학 전후(8세)의 아이들을 대상으로 시력교정 사업이 필요하다는 제안을 했다. 남한에서는 안경을 쓰지 않은 아이들을 보기 어려운데 북한 아이들에게 안경은 다른 나라 이야기인 것이다.

지키지 못한 기생충 재검사의 결과는 10년 후 귀순 병사가 보여주었다.

온정리병원 지원에서 특이한 사업은 리 주민 전체 8,000여 명을 대상으로 한 기생충검사였다. 기생충검사는 병원 지원을 시작한 초기부터 북한과 계속 협의해왔다. 그때마다 북한 담당자는 온정리는 관광 지역으로 깨끗하고 위생방역소에서 구충사업을 하고 있으므로 기생충검사가 크게 필요하지 않다고 대답했다. 그래도 담당자를 계속 설득하여 4박 5일간 기생충검사를 함께하면서 검사법을 교육받는 것에 동의를 받아냈다.

8,000여 명의 검사를 한꺼번에 할 수 없으니 우선 어린이 900여 명에 대해 남한 전문가들과 함께 검사하고, 바로 남한에서 검사기기를 지원하면 교육받은 북한 분들이 주민 전체 검사를 마치는 것으로 계획을 세웠다. 이미 구충제는 10,000명 분을 지원했으므로 검사 결과에 따라 투약하기로 했다. 만약 주민들의 기생충감염률이 높게 나온다면 3~6개월 후 재검사를 해서 약을 다시 복용하기로 했다.

2007년 11월에 공동검사를 마치고, 다음 달인 12월에 북한 자체로 검사를 완료하여 우리에게 전달한 검사 결과는 충격적이었다. 결과에 따라 재검사를 하고 구충제를 다시 복용해야 했지만 2008년 3월 이후로 남한 의료진의 금강산 방문이 어려워져서 후속 조치가 어려웠다.

2017년 11월 13일 JSA를 통해 북한 병사 1명이 귀순했다. 마치 영

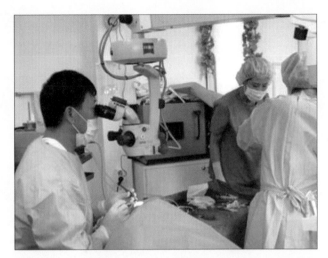

남북 협력진료로 백내장 수술 중.

2007년 11월 기생충 관리 교육 중. 북한 사람들은 모자를 쓰고 있다.

화를 보는 것처럼 병사의 귀순 순간을 담은 동영상 보도도 충격이었지만 언론은 북한 병사의 기생충에 집중했다. 우연히 10년 전인 2007년 11월 13일부터 4박 5일간 진행했던 온정리 어린이 900여 명의 기생충검사가 떠올랐다.

'지금 귀순 병사가 10년 전에는 우리가 기생충검사를 했던 그 나이 어린이였겠구나. 금강산에서 지키지 못한 약속이 이렇게 돌아오는 건가?'

내가 가지고 있는 걸
다 털어서 도와주고 싶다

북한 담당자가 당시 여러 민간단체들의 사업 중에서 온정리병원 사업을 가장 '모범사업'으로 꼽았는데, 거기에는 원장님의 역할이 제일 컸다고 생각한다. '모범사업'이라는 평가는 자화자찬하기 위해 한 말이 아니고, 원장님이 남한의 지원이 고마워서 흘린 얘기도 아니다. 1년 동안 온정리뿐 아니라 평양에서 남한 단체들이 진행하고 있는 여러 지원사업을 지켜본 북한 상부의 평가였다. 물론 하루에 왕복이 가능한 금강산이라는 특수성도 '모범사업'이 되는 데큰 기여를 했다고 생각한다.

보통 평양에 있는 병원 원장님들은 우리를 안내하는 민화협 참사들을 의식하면서 필요한 것을 조심스레 얘기했고, 나도 원장님들께 불이익이 갈까봐 쉽게 물어보지 못했다.

온정리병원 원장님은 자그마한 키의 여성으로 솔직하게 병원의 어려움을 털어놓고, 필요한 것을 에둘러 말하지 않았다. 원장님의 태도는 무조건 크고 좋은 것, 은나는(폼 나는) 사업에 강박을 가졌던 우리를 조금씩 변하게 했다.

평양에서는 크고 폼 나게 사업하라는 요구를 강하게 받기 때문에 지원 물자들이 평양의 기반 환경에 비해 과했던 경우들이 왕왕 있었다. 온정리가 평양에서 멀리 떨어진 금강산이라는 특수한 환경 때문인지는 모르겠지만 솔직하게 어려움을 얘기하는 것이 쉬운 일은 아니다. 원장님은 북한판 실사구시의 전형이었다.

우리는 장비를 지원하기 전에 먼저 원장님과 필요한 장비를 협의하고 장비 목록과 설명서를 전달하는 순서로 사업을 진행했다. 원장님은 남한에서 장비를 지원받으면 그 장비를 최대한 잘 쓸 수 있도록 병원 직원들을 미리 상급병원(원산시인민병원)에 교육 파견을 보냈다. 그런 사례는 많이 있는데, 담당 의사가 엑스레이를 처음 사용하면서 초점을 잘 맞추지 못해 필름을 많이 쓰는 것을 보고 상급병원에 가서 미리 교육을 받게 했다. 그 결과 장비를 지원받았을 때는 이미 사용에 익숙해져서 정확하게 잘 찍고 필름도 아껴 쓰게 되었다고 좋아했다.

또 다른 사례는 병원에 수술실을 만들고 수술장비를 지원하는 협의가 되자마자 원장님은 산부인과 의사 1명을 원산산원에 미리 훈련을 보내서 장비 사용을 익히도록 하겠다는 의욕을 보였다.

북한은 각 도마다 산부인과 전문병원인 '산원'과 소아과 전문병원인 '소아병원'을 갖추고 있다. 예를 들면, 온정리에 사는 산모가 온정리병원에서도, 고성군병원에서도 치료가 어려울 경우 원산산원에 가는 것이 순서이다. 마찬가지로 아이들은 원산소아병원을 간다.

그런데 원산산원에 다녀온 부인과 의사는 우리에게 재미있는 얘기를 해주었다.

"산원에 있는 의료 장비보다 온정리병원 장비가 훨씬 좋아요. 산원 장비는 국제기구에서 지원해준 것인데 국제기구에서 사용법을 알려주지 않아 산원 의사들이 사용하는 데 어려움이 큰 거 같아요. 온정리병원에는 남측 선생님들이 사용법을 직접 설명해주고 진료를 같이 하기 때문에 빠르게 익힐 수 있어서 좋아요."

"산원 의사들한테 남측에서 지원한 초음파랑 자궁암진단기에 대해 설명하니까 산원 의사들이 우리 병원을 참관하고 싶다고 했어요. 이거 위에서 아래를 지도해야 하는데 거꾸로 됐어요. 호호."

원장님은 지원받은 장비를 잘 쓸 수 있게 미리 교육을 보낼 뿐 아니라 일할 사람을 끌어오는 능력도 탁월했다. 우리가 지원을 시작했던 2006년 말 병원 현황은 총 7개과에 26명이 일하고 있었는데 1년이 지난 2007년 말에는 33명으로 27%가 증가한 대식구가 되어 있었다. 안과, 실험실, 엑스레이실이 신설되었고, 의사는 4명, 간호원은 1명 증원되었다. 조산원, 보철사, 약제사를 신규 배치했으며 식당에 일하는 직원도 4명이나 되었다.

지금 되돌아보니 원장님은 남한 의사들의 열정과 북한 상부의 유연한 결정을 끌어내는 데 탁월한 재능을 가졌던 것 같다. 2007년 말 북한 간부는 온정리 지원사업에 대한 감사와 함께 '내년에도 공화국의 의료기술이 발전하고 주민들이 치료받을 수 있도록 남측의 기술전수가 계속되기를 희망한다'는 바람을 전달했다. 남한의 기술전수는 북한 주민들에게 미치는 부정적 영향이 크다고 생각하기 때문에 북한 간부들은 남북이 만나는 것을 내켜하지 않는다. 그럼에도 이런 말이 자연스럽게 나온 것은 온정리 주민들에게 꼭 필요한 의료서비스를 제공하기 위해 동분서주했던 원장님의 노력의 결과에 힘입은 바 크다고 생각한다.

원장님의 또 다른 사례로 물감 사건이 있다. 원장님은 병원 복도 벽에 있는 위생판에 보건교육 자료를 붙여놓으면 환자들이 대기하고 있을 때 보면서 간접 교육이 될 수 있다고 아크릴물감을 지원해달라고 했다. 아크릴물감만 지원해달라고 했으면 병원에서 웬 물감이냐며 오해를 했을지도 몰랐을 것이다. 원장님은 고혈압, 조류독감 예방 등 교육 내용 문구는 이미 가지고 있고, 옥류민예사(좋은 작품을

결핵, 심근경색, 뇌출혈.　　　　　　안과, 피부병, 뱀에 물렸을 때.

치과.　　　　　　　　　　　산부인과.

왼쪽에서 세 번째 흰 모자를 쓴 분이 원장님이다.

대량 모사해서 판매하는 국영 미술품 판매회사)에 소속된 화가까지 섭외를 해두었다며 물감만 있으면 된다고 했다. 나는 이럴 땐 정말 내가 가지고 있는 걸 다 털어서 도와드리고 싶은 마음이 절로 생긴다. 자기가 할 수 있는 건 다 마련해놓고 그래도 부족한 것을 도와달라고 하는데 누가 그걸 뿌리칠 수 있을까. 원장님은 우리의 이런 속마음까지 다 읽고 계신 게 아닌가 놀랄 때가 많다.

part 09

북한식 '단박 도약'

새로운
패러다임

1995년 남한이 북한을 지원하기 시작한 이래 20년이 넘어가면서 많은 사람들이 대북 지원에 새로운 패러다임이 필요하다는 지적을 하고 있다.

우리에게는 남북 간 특수한 관계로 북한이 특별할 수 있지만 국제사회에서 북한은 OECD의 143개 수원국(외부 원조를 필요로 하는 개발도상국)에 포함된 국가 가운데 하나이다. 핵 문제 등 남북 간 정치 상황과 대북 제재로 대북 지원이 단기간 내에 국제사회의 공적개발원조(ODA: Official Development Assistance) 동향에 맞춰나가기는 어렵지만, 언젠가는 개발협력으로의 전환에 대비한 새로운 패러다임을 준비해야 할 것이다.* 왜냐하면 국제사회의 개발원조가 수원국 스스로 자

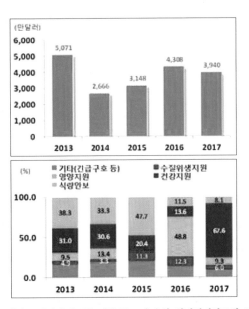

최근 5년간 국제사회의 대북 지원 규모 및 유형. 현대경제연구원, 2018.

국의 문제를 해결하는 개발협력으로 그 방향이 가고 있기 때문에 북한도 스스로 중장기적 국가 발전 계획을 국제사회에 제시하며 협력을 구하는 자구의 노력을 보여주어야 한다.

지난 3월 남한의 대북 특사단이 평양을 방문했을 때 특사단은 김정은 위원장이 '대화 상대로서 진지한 대우를 받고 싶다'는 의사를 전했다고 밝혔다. 언론은 부인 리설주를 만찬에 동행한 것도 김정은 위원장이 정상국가로 향하겠다는 의지가 강하다는 의미로 해석하기도 했다.

나는 이 기사를 보면서 북한을 자타가 '정상국가'로 인정을 한다면 대북 지원도 국제사회의 ODA 절차를 따를 수 있지 않을까를 머릿속에 그려보았다.

최근 5년간 국제사회의 대북지원 현황을 보면 총 1억 9000만 달러 규모임을 확인할 수 있다. 나는 2013년부터 2017년 사이 북한이 4차례나 핵실험을 했고, 그에 따라 UN 제재의 강도가 더 세졌기 때문에 국제사회의 대북 지원이 급감했을 것이라 생각했다. 그러나 연이은 핵실험과 미사일 발사에도 불구하고, 국제사회의 대북 지원은 명맥을 유지하고 있었다.

---

* 개발원조(Development Assistance), 국제원조(Foreign Aid), 해외원조(Overseas Aid) 등의 용어가 유사한 의미로 사용되어 왔으나, 최근에는 개발도상국과의 '협력'이 강조되면서 개발협력이라는 용어가 주로 사용되고 있다.

주요 지원국은 스위스, 스웨덴, 독일, 프랑스, 캐나다 등 17개국이며, 2017년 기준 스위스가 700만 달러로 가장 많고, 다음으로 러시아(300만 달러), 스웨덴(204만 달러), 캐나다(150만 달러) 순이다. 참고로 2017년에 남한 정부 차원의 지원은 0이었다. 미국은 2013년부터 북한지원을 하지 않다가 2017년에 유니세프를 통해 100만 달러를 지원했다. 남한의 경우 2013년부터 2015년까지 매년 1,200만 달러 규모로 유니세프와 WHO, WFP 등을 통해 지원했고, 2016년에는 민간단체 모자보건사업에 2억 원을 지원하였다.

이런 정도의 지원 규모는 매년 UN이 발표하는 북한의 요구와 우선순위(DPR Korea, Needs and Priorities, UN)에 필요한 금액에는 한참 미치지 못하는 규모이다. 2013년부터 2017년까지 UN이 발표한 필요 금액은 매년 1억 달러에서 1.5억 달러 수준이기 때문에 지원 규모는 30%에 못 미치는 정도였다. 지원 유형을 보면, 대부분 UN 제재에서도 예외 조항에 해당하는 어린이와 여성에 대한 영양과 건강지원 등 인도주의적 상황에 대응하기 위한 사업들이 대부분이다. 이는 수원국 스스로가 자국의 문제를 해결하기 위해 중장기적으로 개발협력사업을 추진하고 있는 현재의 국제사회 동향에 맞지 않는 상황이므로 새로운 패러다임에 대한 고민을 시작해야 할 때이다.

하늘도 스스로 돕는 자를 돕고
손바닥도 마주쳐야 소리가 난다

정부가 개발도상국을 지원하는 것을 공적개발원조(ODA)라고 한다. 우리는 우리나라가 원조를 받던 나라에서 원조를 하는 나라로 전환한 유일한 국가라는 말을 많이 들었을 텐데 그 원조가 바로 ODA를 가리키는 것이다. 우리나라는 1945년 해방 직후부터 1995년 세계은행의 차관을 모두 상환할 때까지 120억 달러를 지원받고, 2000년부터 OECD의 수원국 리스트에서 제외되었으니 큰소리칠 만하다.

해방 직후부터 50년간 지원받은 120억 달러를 기반으로 세계 10위권대의 경제대국으로 발전한 만큼 우리나라도 국제사회에 그만큼의 책임과 의무를 나누어야 할 것이다.

국제사회의 원조 시작을 2차 세계대전 이후부터라고 볼 때 70년이 넘는 지금, 국제사회는 원조 효과성을 높이기 위한 원칙에 대한 논의를 발전시켜왔다. 수원국의 협조 부족, 공여국의 지나친 의욕을 바탕으로 한 목표 설정, 정치적 이해관계 등은 효과적인 원조 이행 장애물로 작용하였기 때문에 이런 시행착오를 극복해야 한다는 공감대가 있었다. 지금까지 모두 네 번의 '원조 효과성 고위급회의'가 있었는데 2005년 파리선언은 국제사회의 원조 효과성 논의에서 주목할 만한 내용들이다.*

파리선언의 다섯 가지 원칙을 4가지로 정리하면 다음과 같다.

첫째, 수원국이 주인의식을 갖도록 수원국 스스로 자체 전략을 설정하도록 한다.

둘째, 공여국은 수원국의 전략을 존중하고 수원국의 시스템을 활용하여 원조 일치를 도모한다.

셋째, 중복 방지를 위해 공여국들은 정보를 공유하고 협력한다.

넷째, 수원국과 공여국은 성과에 초점을 맞추어 사업을 관리하고 그 결과에 상호 책임을 진다.

나는 이 중에서 첫째와 넷째가 가장 중요하다고 생각한다. 하늘도

---

* 4차례의 고위급회의는 다음과 같다. 1차(2002년 로마), 2차(2005년 파리), 3차(2008년 아크라), 4차(2001년 부산)

스스로 돕는 자를 돕고 손바닥도 마주쳐야 소리가 나기 때문이다.

우리나라가 개발도상국을 지원할 때는 사업 발굴 단계에서부터 진행과 평가에 이르는 일련의 과정을 수원국 정부와 지속적으로 협의하면서 사업의 효과를 극대화하고자 노력한다. 즉 사업 성과에 초점을 맞춰 상호 책임을 진다는 원칙 아래 수원국에 현지 사무소를 설치하고 전문가가 상주하면서 수시로 수원국 정부와 협의 채널을 가동시키고 있다.

북한
ODA

2008년부터 북한 업무의 축소로 나는 개발도상국을 지원하는 ODA 업무를 병행하게 되었고 2009년에 라오스를 방문할 기회를 가졌다. 당시 라오스는 높은 모성과 어린이 사망률을 낮추기 위해 외부의 지원을 적극적으로 받아들이고 있었다. 그 후로 의료기기 수리를 위한 기술 이전을 위해 캄보디아를, 이동검진을 위한 물자 지원과 기술 지원을 목적으로 몽골을, 병원정보시스템 현대화를 위해 볼리비아 등 개발도상국 여러 곳을 방문할 수 있었다. 이런 나라들을 방문하면서 나는 이런 사업을 북한에서 한다면 어떻게 하는 게 좋을까를 계속 생각했다. 기술 자문을 위해 함께 출장을 간 전문가들도 이런 개발도상국의 경험을 북한에 사용할 수 있는 기회를 갖기를 소망했다.

나는 오래전부터 대북 지원도 국제사회의 ODA 원칙과 절차를 적극 참고하는 것이 좋겠다고 생각했다.[*] 내가 '원칙과 절차'를 참고하자고 한 것은 여러 법률에 따라 남북 간 거래는 국가 간 거래가 아닌 민족내부 거래로 보기 때문이다. 이런 이유로 남한 정부의 대북지원은 ODA에 포함되지 않고 있다. 그러나 향후 북한의 개발협력이 개시될 경우 남북의 협력만으로는 그 질과 양을 담보할 수 없을 것이다. 북한에 대한 지원이 단순한 긴급구호 차원의 단기 지원이 필요한 단계가 아니라 중장기적으로 개발협력 단계로의 전환이 필요하기 때문이다. 이런 이유로 대북 지원이 개발협력의 ODA 방식을 참고해야 한다는 것에 대해서는 남한 학계나 민간단체 내부에서 이미 많은 연구와 고민을 진행한 것으로 알고 있다.[**]

개발협력의 효과를 극대화하기 위해서는 수원국 정부의 오너십을 인정하고 수원국과 공여국 간의 파트너십이 중요함을 앞서 파리선언의 원칙에서 살펴보았다. 향후 북한의 개발협력이 현재 개발도상

---

[*] 남북교류협력에 관한 법률 제12조와 남북관계발전에 관한 법률 제3조 제2항은 "남한과 북한 간의 거래는 국가 간의 거래가 아닌 민족내부의 거래로 본다."고 규정하고 있다. 뿐만 아니라, WTO 가입 시에 제정한 세계무역기구협정의 이행에 관한 특별법 제5조에서도 "남북한 간의 거래는 민족내부 거래로서 협정에 의한 국가 간 거래로 보지 아니 한다."고 규정하고 있다. 실제로 남북한 교역에 대한 무관세 근거는 1991년 12월 남한과 북한 간에 체결된 '남북기본합의서' 제15조에 "민족내부 거래로서 물자교류, 합작투자 등 경제교류와 협력을 실시한다." 라고 규정하고 있다.
[**] 장형수, 김석진, 임을출, 최대석, 이상준 등 다수 연구자들의 연구가 있다.

국의 ODA 사업처럼 국제사회 동향에 따라 공개되고 평가받는다면 장기적으로는 북한 지원에 대한 국민들의 정서적 거부감을 넘어 공감대를 형성할 수 있지 않을까 기대한다.

보건성이
주체가 되어야 한다

　보건의료분야 ODA 사업의 파트너는 수원국 보건부가 되는 것이 일반적이다. 수원국 보건부가 '주인의식'을 가지고 '중장기' 국가전략을 수립한 후 자국에서 동원 가능한 자원과 외부 지원 상황을 종합적으로 판단하여 사업의 우선순위나 중점사업을 선정하여 추진할 수 있기 때문이다.

　나는 재단과 ODA 사업을 하고 있는 여러 나라를 함께 방문할 때마다 그 나라 보건부를 만나서 많은 토론을 거친 후 사업을 추진하는 것을 보았다. 방문 기간 중에 해결하지 못한 문제는 재단 현지 사무소와 보건부가 다시 협의를 했다는 소식을 듣곤 했다.

　그간 북한 보건성을 만나기는 했지만 국제기구나 국제 NGO를 경유한 사업 때문에 만난 것이라 충분한 토론을 하지 못하는 상황이 늘 아쉬웠다.

2007년 12월 남북 보건회담에서 합의한 사업들이 진행되었다면 얘기는 달라지겠지만 지금까지 북한 보건성이 남한의 파트너는 될 수 없었다. 북한은 대남기관이 따로 있어서 남한 정부와 민간단체는 사업기획 단계에서부터 보건성이 아닌 대남기관(민화협)과 사업을 해야 하기 때문이다.

이런 상황이 그간 남북 관계의 특수성으로 어느 정도는 양해가 될 수 있다고 생각한다. 그러나 향후 교류협력이 재개될 경우 이런 파트너 관계가 사업의 효과와 효율성 측면에서 전면 검토되어야 한다고 생각한다. 파리선언의 원칙인 '주인의식', '정보 공유', '상호 책임'과 직결되기 때문이다.

내가 이렇게 생각을 하게 된 사례를 소개해볼까 한다.

WHO의 '북한 영유아 지원사업'은 2006년부터 5년 동안 북한 200여 개 군병원의 소아과와 산부인과 진료에 필요한 의료기기를 지원하여 어린이와 산모의 질병을 치료하고 사망률을 낮추는 것을 목표로 시작되었다.

지원 첫 해에 30개 군병원의 분만실에 의료소모품을 지원하고, 의료 인력 대상 교육훈련을 진행한 후 남한·북한·WHO 3자가 중간 평가회의를 가졌다. 그 자리에서 보건성은 지원받은 의료기기가 고장 날 경우를 대비하여 기술기동대를 새로 구성했다고 얘기했다. 우리로 생각하면 방문 의료기기 수리기사로 이해하면 될 것 같다.

나는 민간단체에서 일할 때 평양에 도착한 의료기기들이 북한 전기 사정으로 몇 번 써보지도 않고 고장 난 채 방치된 경우를 많이 본 터라 '기술기동대'에 귀가 번쩍 트였다. 이런 어려움은 다른 민간단체들도 마찬가지였는데, 2005년 한 민간단체가 이 문제를 해결하고자 고장 난 의료기기를 수리해주는 의료협력센터(이하 센터)를 평양에 건립했다. 처음에는 고장 난 의료기기를 수리했지만 2008년에는 점차 센터의 기능을 확대하여 직접 의료기기를 생산할 수 있도록 원자재까지 지원하는 것으로 사업을 넓혀나갔다. 북한의 병원에서 센터에 의료기기 수리를 의뢰하면 센터에서 수리를 하거나 새로 생산하여 병원에 다시 돌려주는 것이다.

나는 보건성 참석자에게 남한 민간단체들이 지원하고 있는 병원들에 대해 들어본 적이 있는지, 평양시 만경대구역에 있는 센터를 아는지 물었다. 특히 센터는 보건성이 고민하고 있는 '기술기동대'의 참고할 만한 모델이 될 수도 있을 것 같다고 소개했다. 보건성은 민간단체들이 병원을 지원한다는 것도, 센터에 대해서도 모르는 것 같았지만 의료기기가 고장 날 경우 수리를 할 수 있다는 말에 관심을 크게 보였다.

보건성은 북한에서 군병원의 기능을 고려할 때 초음파와 내시경이 꼭 필요하다는 것을 수차례 강조했다. 평가회의 참석자들 대부분도 산전, 산후 진찰에 필수적인 초음파와 같은 기본 검진장비는 군병원에 설치되어야 한다는 데에는 동의하였다. 그러나 MOU 체결에 따라 이미 사업이 진행되고 있기 때문에 장비를 추가 지원하기는 어려운 상황이었다.

당시 재단이 금강산 온정리병원에 중고 의료장비를 지원해서 잘 사용하고 있다는 정보를 듣고 있던 터라 보건성에 중고 초음파와 내시경 지원은 가능함을 설명했다. 남한 병원에서는 초음파와 내시경을 주기적으로 교체하는데 그 이유가 고장 때문이라기보다는 새로운 장비에 대한 수요 때문이었다. 재단은 이런 여건을 감안하여 병원들로부터 중고 장비를 기증받아 개발도상국 또는 국내 무료진료소에 지원하는 '의료기기 지원사업'을 추진하고 있었다. 중고 장비라고 해서 다 기증받는 것은 아니고 기증 기준에 맞는 장비만을 선별했다. 수리 부품 및 소모품 공급이 3년 이상 가능하고, 정밀점검을 통해 수리 후 3년 이상 사용 가능한 장비들만 기증받았다. 이런 기준이 없을 경우 개발도상국에 어렵게 장비가 전달되었다가 쓰지 못할 경우 중고 장비를 보내줬냐는 오해를 받을 수 있기 때문이다. 다행히 금강산 온정리병원은 육로로 접근이 가능했기 때문에 장비 전달이 수월했다. 고장이 생겼을 경우 우리 의공기사가 방문하여 수리할 수 있었고, 또 그 수리하는 기술까지 전수가 가능해서 온정리병

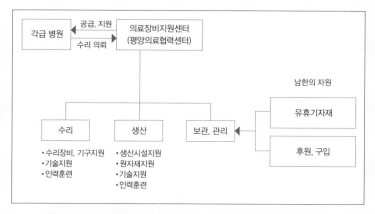

평양의료협력센터 출입구와 사업개요도, 『수은북한경제 2010년 여름호』.

평양의료협력센터 공사 사진(왼쪽)과 준공 후 남한의 기술 이전 사진(오른쪽), 『수은북
한경제 2010년 여름호』.

원의 호응이 매우 좋았었다.

나는 보건성에게 초음파와 내시경에 필요한 예산을 추가할 수 없으니 중고 장비는 어떻겠냐는 제안을 아주 조심스럽게 했다. 그 자리에서 남한은 주기적으로 장비를 교체한다는 얘기는 오해를 불러일으킬 수 있고, 사전 정밀검사를 거쳤더라도 중고 장비이기 때문에 제안은 매우 조심스러운 것이었다.

보건성은 남한 민간단체의 지원 상황과 센터가 생소한 데다 중고 장비를 지원받는 것을 바로 결정할 수 없었기 때문에 더 이상 논의는 되지 않았다.

만약 보건성이 국제기구 또는 남한 민간단체로부터의 지원 정보를 모두 알고 있다면 보건성이 가용할 수 있는 모든 자원을 필요한 곳에 적절히 배분하여 훨씬 효율적으로 활용할 수 있었을 것이라 생각한다. 특히 의료장비의 경우 가격이 높아 자체적으로 장비를 유지 보수할 수 있는 역량을 갖춰나가는 것이 중요하기 때문에 남한 전문가의 기술 이전은 큰 도움이 될 것이다.

정보 공유를
해야 한다

하나의 개발도상국에는 많은 공여국과 국제기구, 민간단체들이 상호 공존하면서 사업을 하고 있기 때문에 이들 간의 조화로운 관계는 매우 중요하다. 파리선언에서도 공여국들 간 중복 방지를 위해 조화를 이루고 절차를 간소화하여 정보를 공유할 것을 권고하고 있다.

2010년 라오스의 경우, 보건의료분야 지원에 일본, 프랑스, 한국 등 7개의 공여국과 세계은행, 아시아개발은행 등 2개의 공여기관이 관계되어 있었다. 이들이 서로 원조 조화를 무시하고 정보 공유를 하지 않는다면 라오스 보건부가 효율적으로 자원을 배분하는 데 도움이 되지 않을 것이다.

라오스 보건부는 공여기관협의체(SWG: Health Sector-Wide Working Group)를 통해 공여기관들의 활동이 보건부의 중장기 국가전략에 맞도록 중복을 예방하고 협업이나 분업을 유도하여 지원 효과성을 높이고자 노력하고 있다.

라오스 보건부와 공여기관의 정보 공유는 라오스 MDGs 달성에서 긍정적인 결과를 보여주고 있다. 2015년 모성사망률은 출생 10만 명당 197명으로 목표인 260명을 달성했고, 숙련된 조산사에 의한 분만율은 52%로 목표인 50%를 달성했다. 5세 미만 아동사망률도 1,000명당 66.7명으로 목표치인 70명을 달성하였다.[*]

북한 보건성이 라오스 보건부처럼 공여기관협의체를 운영하면서 사업의 중복을 예방하고 공여기관 간 협력을 주도하고 있는지는 자세히 알 수 없다. 남북 보건당국 간 직접 사업을 한 사례도 없고, 남한 민간단체들은 민화협 등 대남기구들이 파트너였기 때문에 이런 상황을 알기는 어렵다.

북한 보건의료분야에 대한 개발협력이 본격화되어 규모가 커질 경우 보건성도 자원을 효율적으로 사용하기 위해 공여기관의 정보 공유와 협력체계를 마련하여 원조 조화를 도모해야 할 것이라 생각

---

[*] 관계부처 합동, 라오스 국가협력전략, 2016. 12.

한다.

나는 개도국에 대한 통계시스템처럼 북한 개발협력에 대한 정보도 체계적으로 관리되어 누구나 공유할 수 있어야 한다고 생각한다.

한반도,
우리만의 강점

전문가들은 북미 정상회담이 잘 진행되었을 경우 북한의 개혁개방에 많은 나라들이 참여할 것으로 전망하고 있다. 지금까지는 북한의 인도주의적 상황을 개선하기 위해 일부 공여국들이 지원을 이어갔지만, 제재가 해제되면 북한이라는 시장을 보고 투자를 저울질할 나라들이 많아질 것이다. 지금까지는 남한이 안보 우려를 감수하고 경제협력을 한 대가로 개성공단과 같은 독점적 혜택을 누린 측면도 있지만 앞으로도 그런 우선권을 주장할 수 있을지 모르는 상황이다.

그래서 남한이 북한과 개발협력을 진행했을 때 무엇이 다른 나라에 비해 강점이 될 수 있을지를 차분하게 찾아보아야 할 것 같다. 이

부분은 본격적으로 협력사업을 진행하면서 정리가 되겠지만, 그간 내 경험을 비추어 3가지가 우선 떠오른다.

첫째, 같은 언어를 쓴다.

물론 일부 의학용어들이 다르긴 하지만 전혀 뜻을 모를 정도는 아니다.

둘째, 가까운 거리에 있다.

이 책 앞 장에서 소개한 금강산 온정리병원 사업과 개성공단 진료소 사업이 그 사례들이다.

셋째, 한민족의 동일한 DNA가 우리 핏속에 흐르고 있다.

'한강의 기적'을 이룬 DNA는 북한에도 '대동강의 기적'을 이루게 하지 않을까? 같은 말을 쓰는 남한의 전문가들이 자주 북한을 찾아가 경험과 노하우를 나눈다면 북한식 '단박 도약'이 아주 어려운 일일까?

평양 찍고 베를린까지

2015년 12월 말, 1차분으로 지원한 풍진 백신 모니터링을 위해 평양을 방문했을 때 보건성 담당자는 2차분 백신을 바로 받을 수 있기를 바란다는 부탁을 무한 반복하였다. 평양공항을 떠나 서울로 오는 비행기에서 내 머리는 2차분 백신 준비로 분주했다. 그러나 보름도 지나지 않은 2016년 1월 초, 북한의 4차 핵실험으로 백신 얘기는 꺼낼 수 없었다. 그 해 여름 공항까지 배웅 나오며 2차분 백신을 신신당부한 보건성 담당자가 돌아갔다는 소식을 들었다. 마음은 급해졌지만 2017년 9월 6차 핵실험을 보며 초조함을 달래는 방법으로 글쓰기를 택했다.

16년의 시간을 거슬러 내려오며 내 기억 속에 잠들고 있는 사람들을 하나하나 살려내는 나만의 오롯한 여행을 시작한 것이다.

2017년 12월 말, 승진을 하면서 나는 북한 업무에서 벗어났다. 인천공항 검역과장으로 보직을 받으면서 세종에서 인천공항으로 근무지가 바뀌었다. 공항에 와서도 남북교류 재개 시 인천-평양공항 간 검역에 대한 교류도 필요하다는 농담을 직원들과 했다. 생각해보니 평양공항에서 검역을 받았던 기억이 특별하게 떠오르지 않았다.

2018년 2월 초, 평창올림픽을 계기로 북한 선수단, 응원단, 예술단이 대거 입국했다. 경의선 육로를 포함하여 묵호항, 양양공항, 도라산 남북출입사무소, 인천공항 등 다양한 경로를 통해 남한으로 입국을 하는 바람에 우리 검역관들은 입국 시간에 맞춰 동분서주 바쁘게 움직였다. 2월 추운 새벽에 도라산으로 검역을 나가는 동료들을 보며 이 어둠과 추위가 걷히고 다시 남북 간에 화해의 분위기가 도래하길 간절히 빌었다.

이런 지극한 바람은 4월 27일 남북 정상회담을 맞아 응답을 받는 것 같았다. 하루 종일 정상회담 뉴스를 보면서 나뿐만 아니라 많은 사람들이 한반도의 평화를 간절하게 기도했다는 동질감을 느꼈다.

새소리만을 배경으로 한 도보다리 산책은 회담의 백미였다. 남북은 하나의 언어로 둘만의 시간을 함께했다. 1953년 휴전협정 이후 65년간 쌓아올린 증오의 화력을 걷어내고 이제 평화와 번영의 씨를 함께 뿌리자는 두 정상의 합심의 배경으로 푸른색 도보다리는 압권이었다.

이 날 남북 정상은 남북 공동번영을 위해 10. 4 선언을 포함 '이미 채택된 남북 선언들과 모든 합의들을 철저히 이행'할 것을 천명했다. 이 성명을 듣는 순간 나는 11년 전 개성에서 열린 남북 보건회담의 4개 합의사업이 사문화되지 않고 다시 햇빛을 볼 수 있을 것 같아 가슴이 뛰었다. 정상회담 며칠 전인 4월 23일 북한 사리원 근방에서 '교통사고로 중국인 관광객 32명이 사망'했다는 신문 기사를 보고 사리원인민병원이 떠올랐기 때문이다. 4개 합의사업에 사리원인민병원 현대화가 포함되어 있고, 10년 전 사리원인민병원을 방문하여 실태조사를 마친 상태이기 때문에 그 기사가 더 눈에 띄었던 것 같다. '아직 북한 자체적으로 사리원인민병원을 개보수하지 못한 상태인가 보다. 교통사고라면 응급 상황이었을 텐데, 우리가 보았던 사리원인민병원 시설로는 감당하기 어려웠겠구나.'

합의문에서 또 하나 눈에 띄는 것은 '동해선 및 경의선 철도와 도로들을 연결하고 현대화'한다는 내용이었다. 나는 '드디어 서울역에서 기차를 타고 시베리아를 거쳐 유럽을 갈 수 있구나, 꿈이 현실이 되는 건가?' 하는 즐거운 상상을 시작했다.

즐거움도 잠시, 직업병의 발동으로 또 다른 고민이 떠올랐다. '철도와 도로를 연결하는 다수의 건설 현장에서 산재가 발생하면 어떻게 하지? 경부고속도로를 건설하는 30개월간 사망자만 77명이었다는데, 남한의 건설공법에 익숙하지 않은 북한 주민들은 산재에 더 취약하지 않을까? 중국 관광객처럼 남한 관광객이 교통사고를 당하면 어디서 치료하지?'

나의 고민과 상상은 끝날 줄을 몰랐다. 철도와 도로가 완성되어 경의선을 타고 동해선을 타고, 서울에서 부산에서 출발해 평양역이나 청진역에 도착한 방문객들을 북한은 어떻게 검역할까? 거꾸로 북경에서, 베를린에서, 모스크바에서 출발해 서울역과 부산역에 도착한 관광객들을 우리는 어떻게 검역하지? 지금까지 군사분계선을 넘는 검역은 남북 간 문제였지만 이제부터는 어느 나라에서 출발했느냐도 고려해야 한다. 중국은 동물인플루엔자(AI)의 인체감염 오염지역이므로 중국에서 출발해 평양을 경유하여 서울에 입국하는 경우 검역이 필요하기 때문이다.

고민해야 할 것도 많고 미리 준비할 것도 많지만, 그래도 이런 상상을 할 수 있다는 것이 행복하고 감사했다.

2018년 5월 말, 나는 다시 북한 업무를 맡았다. 2006년과 2015년에 이어 세 번째 같은 업무를 맡다 보니 '소명'이란 이런 것인가라는 생각을 하게 됐다.

그 동안 나의 여러 가지 상상이 이제는 차분히 고민하고 대비해야 하는 도전 과제가 되었으니 다음 세대의 미래를 위해 천천히, 꼼꼼하게 준비해나가야지.

보통 대북 지원을 하는 사람들은 호칭에 각별히 신경을 쓴다. 누구나 북한을 방문하기 전에 통일부의 방북교육을 받아야 하는데 '북한', '남한' 대신 '북측', '남측'이라 부르고, 직함은 '선생'으로 하라는 것이 주요 내용이다. 그것이 입에 익지 않아 평양에서 불쑥불쑥 북한, 남한이라는 말이 튀어나오면 서로 당황해서 황급히 북측, 남측이라고 고쳐 말한다. 남북 간 특수한 관계 때문이다.

나는 이 책에서 '북측', '남측' 대신 우리가 보통 쓰던 대로 '북한', '남한'이라고 표기했다. 이 책 마지막 장에서도 밝혔지만 앞으로 남북협력은 국제사회의 동향에 맞춰 추진하는 것이 남북이 윈윈하는 것이라고 생각하기 때문이다. 남북 관계의 특수성을 무시할 수 없지만 국제 관계 틀에서 북한의 입장을 고려하는 연습이 이제부터 필요한 것이 아닌가 한다. 이제 남북은 양자와 다자의 역동적 관계를 현명하고 합리적으로 풀어야 하는 숙제를 앞에 두고 있는 것이 아닐까?

마지막으로, 글을 쓰는 동안 나를 지지하고 격려해준 남편에게 고마움을 전한다. 생각해보니 남편은 약사인 내가 약국에서 일하는 대신 민간단체에서 자원봉사를 하고 싶다고 할 때에도, 공무원을 하겠다고 할 때에도, 대학원 공부를 시작할 때에도 늘 지지해주었다. 글쓰기를 시작한다고 호기를 부릴 때도, 글이 써지지 않아 머리를 쥐어뜯을 때도 바람 쐬러 나가자며 여러 차례 집 근처 남한산성을 드라이브해주었다. 북미 정상회담이 잘 성사되어 그야말로 한반도의 봄이 오면 남편과 평양 찍고 베를린까지 가보고 싶다.

평화의 아이들

ⓒ 김진숙 2018

초판 발행 2018년 11월 5일

지은이   김진숙
펴낸이   김정순
편집인   고진
디자인   김진영
마케팅   김보미 임정진 전선경
임프린트   북루덴스
펴낸곳   (주)북하우스 퍼블리셔스
출판등록   1997년 9월 23일 제406-2003-055호

주소   04043 서울시 마포구 양화로 12길 16-9(서교동 북앤빌딩)
전자우편   editor@bookhouse.co.kr
홈페이지   www.bookhouse.co.kr
전화번호   02-3144-3123
팩스   02-3144-3121

ISBN   978-89-5605-982-2 03810

*이 도서의 국립중앙도서관 출판도서목록(CIP)은 서지정보유통지원시스템
  홈페이지(http://seoji.nl.go.kr)와 국가자료공동목록시스템(http://www.nl.go.kr/kolisnet)에서
  이용하실 수 있습니다.(CIP제어번호: CIP2018033948)